文学研究のたのしみ

鷺 只雄・田中 実・阿毛久芳・新保祐司・牛山 恵

鼎書房

文学研究のたのしみ　目次

深田久弥と北畠八穂──「代作問題」新攷──

鷺　只雄

はじめに

昭和初年代から十年代の文学の実質を明らかにする上で、深田久弥（一九〇三〜七一）の存在は決して軽々に看過出来ないものがあると思われる。まず文壇的に見た場合、昭和文学の実質的主軸が所謂芸術派にあり、その活動の中心となったのは雑誌「文学界」（昭8・10創刊）であり、それ以前には「作品」（昭5・5創刊）があり、更に遡れば「文学」（昭4・10創刊）があった、換言すれば「文学」→「作品」→「文学界」と推移する中で着実な発展を遂げ、次第に芸術派を結集して十年代に入って制覇するに至るのであるが、深田久弥は右の三誌に何れも創刊から同人として参加し、横光・川端よりは五〜四歳年少、堀辰雄・小林秀雄・河上徹太郎・阿部知二らとほぼ同年で、芸術派の主流の中に最初から位置していた。戦前の小説制作力は旺盛で、『翌桧』（昭8）、『雪崩』

（昭9）、『津軽の野づら』（昭10）、『知と愛』（昭14）、『親友』（昭18）など、昭和二十年までに十七冊（異版は除く）を超える作品集を刊行し、同じく山の文学を九冊出すというふうに健筆を揮った。

この点を検討し、戦前の実質を明らかにする事が肝要である。

次に、戦後の深田は小説と山が逆転し、山の作家・研究家・紀行文家としての深田久弥の存在は比類なく大きい。量的にも膨大で、戦後の山の本は六十冊に及び、それらのうち『日本百名山』（昭39）は読売文学賞（評論・伝記）を受賞し、『雲の上の道―わがヒマラヤ紀行―』（昭34）は紀行文としての評価が高く、『中央アジア探検史』（昭46）は専門の歴史学者から評価が与えられ、『ヒマラヤの高峰』全三巻（昭48）は世界にも類の無いヒマラヤ研究の最高峰としてのゆるぎない評価をかちえているものである。

しかしこれら山の文学は、作家深田の中に組み入れられて扱われることはない。そこから奇妙な風景が展開する。深田における小説と山の作品とは、一人の人間における同一の精神が生んだものであるにもかかわらず、文学と山の文学、小説と非小説——紀行・随筆・研究として区別され、恰も別人のものの如く取り扱われているのが現状で、そこには日本文学に特有のゆがみがある。小説偏重の弊害がある（猶、此の点についてはかつて述べたことがある[1]ので詳しくはそちらを参照していただきたい）。

小説であるか、紀行文であるか、随筆であるかの区分、分類が問題なのではなくて、それがすぐれた作品であるかどうかの、質が問われるべきなのであって、区々たる形式的なジャンルの詮索などは払拭されなければならない。そうでなければ我々の文学はいつまで経っても痩せ細ったままで決して豊かにはならないであろうし、文学史は旧態依然として文壇と流派の跡を追うことから出られないのではないか。

先にあげた深田の山の文学は、一般に紀行文・探検史・地誌・ヒマラヤ研究書等と呼ばれて、多岐にわたるものであるが、私見によればまさしくその点に深田の精神が生きて動いていると思う。所謂「精神の運動」がある。

つまり、それらは単純な旅行記としての紀行文ではない、また山岳案内記なのではない。中央アジアの探検の歴史を叙述してはいるが、歴史書なのではない。ヒマラヤの地誌と登攀の歴史を殆ど能うかぎりの精密さで詳述したものには違いないが、しかし、ヒマラヤ研究書としての地位に止まるものではない。それらはまぎれもなく、第一級のすぐれた紀行文であり、探検史であり、地誌であり、ヒマラヤ研究書であり、同時にそのいずれでもあって、それにとどまらない、それを超えたもの——文学となっているのである。読売文学賞の小林秀雄の次の選評はこの点に鋭くふれたものであると思う。

評論の部では、私は深田久弥氏の『日本百名山』を推した。これは、近ごろ、最も独特な批評文学であると考えたからである。批評の対象が山であるという点が、たいへんおもしろいのである。著者は、山を人間とみなして書いていると言っていいのだが、山が人間なみに扱えるようになるのには、どれほど深山の山々と実地につき合ってみなければならなかったろう。著者は、人に人格があるように、山には山格があると言っている。山格について一応自信ある批評的言辞を得るのに、著者は五十年の経験を要した。文章の透逸は、そこからきている。

（「山を対象とした批評文学」昭40・2・1「読売新聞夕刊」）

事情は『中央アジア探検史』や『ヒマラヤの高峰』においても同じである。それは山の好きな、あるいはシルクロードに魅せられた趣味人やディレッタントの著述でも、またそういう嗜好に促され、文筆に長じた才能を利用して成った作品というようなものでは断じてないし、それらとは次元を異にしている。

それは単純化して言えば、東西の中央アジア探検家列伝であり、ヒマラヤの名山列伝であって、この列伝体の方法を深田は、私の推定では、愛読した司馬遷の「史記」に学んでいるに相違ない。中央アジア探検やヒマラヤ登攀の歴史の中に明滅する人間像の鮮やかな活写は恐らく遠くそこに淵源するものであって、加うるに深田はその構築に当って恣意的な想像と空想の氾濫・飛翔を制すべく厳正な框を課した。驚くべき厖大な文献・資料の収集と徹底的な調査・考証と実地踏査である。深田の九山山房所蔵のヒマラヤや中央アジアに関する資料は日本にその比を見ないことは勿論、世界的に著名なネパールのカイザー図書館やロンドンのアルパインクラブ・王室地理学協会も及ばぬ「世界屈指のコレクション(2)」と言われ、そうした中からこれらの作品は紡ぎ出されて行ったのであり、それは近代の日本においては森鷗外が「渋江抽斎」を典型とする作品群を書き続けて行ったのに通う仕事であったにちがいない。

わかったことをわかったように書くところには精神の運動はない。言いかえれば、既知のことを組み立てて一篇をなすというところには、死せる魂しかないのであり、未知への探求の過程においてはじめて精神は運動するのである。同時にそれは、「ときどき私は思うのだが、いったい誰がこんな文章を読んでくれるのだろう。この本には、美しい恋物語もなければ、危機一髪といったスリルも無い。人煙稀な未開の地を辿るだけである。」(「マルコ・ポーロ」『中央アジア探検史』所収)と作中で作者がふと洩らす言葉が証するように、作者は読者という他者を顧慮することなしに、純粋に自身の精神を動かすものにのみ従って書き続けているが故に光芒を発するのであり、その点にこれらの作品の生命があると言えよう。

このように考えてくるとき、深田の所謂山の文学とは従来の日本文学には曽てなかった新しい地平を切り拓いた独創的な文学であると私には思われるのであるが、どうやら私は先を少し急ぎすぎたようである。というのはその前に戦前の深田には決着のついていないままに放置されている「代作」という厄介な問題があり、これを放置したままでは如何なる問題の前進もありえないので、本稿では「代作」問題一つにしぼって私見を提示し、大方の御教示を仰ぎたいと思う。

問題の所在

「代作」問題は昭和四年(3)から深田久弥と結婚していた北畠八穂が、夫に愛人と子供がいるのを知って昭和二十二年(4)離婚するが、久弥の裏切りに激情をおさえかねた八穂が「深田久弥の鎌倉時代の小説は私の代作である」[5]と宣言したのが発端で、「破鏡告知板」（昭23・4・28「アサヒグラフ」）の紹介文には「昭和二十二年六月離婚ののち、「深田久弥氏作『津軽の野づら』『贋修道院』『鎌倉夫人』など同氏との合作云々を明らかにして話題を投ず」」、同誌インタビューには「合作問題については『深田は私と一緒の間に書いたものは随筆だけでした』と語る」というふうに恰好の文壇ゴシップとして流布し、定着してゆくが、問題なのは「代作」と「合作」では概念が異なるにもかかわらず、その中味、実態が明らかにされないまま一方的に――というのはもう一方の当事者である深田は、離婚するとすぐ郷里の石川県に身をひそめること約十年、言わば自己流謫の時であったが、この件に関しては一切口を閉ざして語らず、それに反して八穂の方からは機会あるごとに「代作」「代筆」が言い立てられたために実態の確認がなされないままに定着して行ったと見られるからである（誤解の無いようにことわっておかなければならないが、私は深田、八穂の何れかに組するものではない。何れの文学も愛するが故に、双方にとっての不幸な障害を早急に除去して研究の本道に復することを願うものである）。

その結果、現在はどうなっているかをここ約二十年間のスパンで見てみると次のようになる。八穂の仕事は今日では小説家としてよりも、童話作家としての業績の方が高く評価されている。

結婚後、深田の奨めもあって、生活費を稼ぐ必要から、八穂は夫の名前で「オロッコの娘」や「あすなろ」など、野性的な詩情を湛えた創作をつぎつぎに発表し、また「オロッコの娘」の続編として孤児チヤシヌマと八穂自身をモデルにした志乃を主役にした一連の〈津軽もの〉の創作にも取り組んだ。

結婚して三年目、恐れていたカリエスが再発した。けれども、文学のために両親の期待を裏切ってまで上京した八穂は、今更泣きごとを言ってもいられなかった。持ち前の負けずぎらいが頭をもたげ、八穂は病の床に臥しながらも、ひたすら夫のために書き続けた。やがて、これらの作品は『津軽の野づら』の総題で刊行され、作者深田久弥は津軽方言を駆使する異色の作家として注目された。すべては八穂の代作であり、夫を世に出すための献身でもあった。

（相馬正一「北畠八穂の人と文学」昭58・11「解釈と鑑賞」）

「あすならう」の原稿を書く。一九二八（昭3）年、二十五歳のとき『改造』の懸賞小説に応募し、当選ではなかったが、社内選に当っていた深田久弥の目に留まる。病気も回復に向かっていたので、上京し、深田と結婚する。一九三一（昭6）年、結婚三年目でカリエスを再発し、七年間寝たきりの生活で執筆を続ける。一九三二（昭7）年、夫の深田久弥名で、代用教員時代の発病体験を小説化した「あすならう」を発表。一九三五（昭10）年、一連の津軽ものを「津軽の野づら」としてまとめ、夫の名で作品社から刊行。（中略）八穂自らが「魂やあい」（『東京新聞出版局」昭55・10月刊）の「秘事」でそのいきさつを書いている。

病みながらも、命の限り、尽くしてきたつもりだ。相手はものを書く仕事であった。その書くものはしかし、初手から私が、そっくり代わりに書いてきた。目がぷっつり見えなくなった、あのときでさえ、口述筆記で連載はつづけた。どんな高熱がつづいたときも、書くそのことだけは、した。せねばならなかったのだ。（中略）けれども、することは浄書だけで、体は丈夫で、女房が七年も病気で、おまけに看病その他の繁雑なことはできるだけさせないようにすれば、こういう羽目になりやすくもあろう。無理もないことかもしれぬと、思い至ったら、ふと苦笑する気になり、他愛ない漫画でも、見る心地になってハッと、目のさめる気がしてきた。

（野乃宮紀子「北畠八穂」平8・4「解釈と鑑賞」）

一九二八（昭3）年、北畠が二十五歳の時に雑誌「改造」の懸賞小説に応募したが、これが北畠の人生を変えることになった。当時「改造」編集部で応募作品の社内選考に当っていた深田久弥が、北畠の作品に注目し、そこから始まった交際が結局北畠家、深田家の反対を押しきっての結婚につながったのである。

一九三五（昭10）年、深田久弥の短編集『津軽の野づら』（作品社）は、津軽方言を駆使した異色の作品として評判になったが、実はこれは全て北畠の代筆によるものだったことは、今日ではあまりにも有名な話である。どんな事情でそうなったのか、それにはそれなりの理由もあるだろうし、また今さら過去のことは戻らないけれども、もしそれらの作品が北畠八穂の名前で発表されていたら、北畠文学がどうなっていたのか、の思いはある。

（鳥越信「北畠八穂―人と作品」平9・10「解釈と鑑賞」）

相馬・野乃宮・鳥越の三氏共に判で捺したように、八穂が書いたものを「夫の名前で発表（刊行）」、「代作」「代筆」とピッタリ一致していることが示すように、これが現在の深田と八穂が結婚して同居中に発表された作品に対する一般的な認識であり、最大公約数的な見解といってよい。

とすれば、二人が同居中に深田が書いたものは随筆と山の文学だけで、小説は全部八穂が書いたものであるとする八穂の主張は明快だが、困ったことに明快すぎて信用できない。そんなに単純なものではないからだ。

詳しくは後述するが、第一深田の作品であることが明白である作品がいくつも存在しているのはまぎれようもない事実であって、それを否定して小説は書いていないと言えば、逆に八穂の主張の方がおかしいことになってしまう。

実例を一つ申上げる。生前、八穂さんと一度電話で三十分程話したことがある。記録によると昭和四十九年三月十九日の午後一時からで、当初は都合のよい日を伺ってお宅を訪ね、中島敦と、それから差支えなければ深田久弥の件についての質問の許可を得る事であった。中島の件についても深田の件についても、非常に機嫌よく話されていたが、話し始めて二十分位した頃、突然声がそれまでと全く変り、ヒステリー調というか、絶叫調になって一方的にまくしたてられることになった。これではお宅訪問は論外なので、腹をきめてともかく聞けることだけは聞いたのだが、その中で代作については結論的にこう言っていた。「あの人は随筆や山の本は書いたが、小説は書かなかった。私の口からは申上げませんが、後世はわかってくれるでしょう、後世は。合作？合作なんて一度もしたことありませんよ。そりゃ原稿用紙に書くときに字句を一つ二つ直すことはあったかもしれませんが、合作なんかしませんよ」。私が代作をしたとは断言しなかったが、しかし、あの人は小説を書かなかったことを繰り返し絶叫された以上、他には誰もいないのだから代作を宣言したのと結果的には同じであった。

更に合作については「原稿用紙に書くときに字句を一つ二つ直すことはあったかもしれませんが、合作なんかしませんよ」と否定するが、しかし、「オロッコの娘」（昭5・10「文芸春秋」）についても同様であったと主張するのに対して、小島千加子は「作家の風景―八穂―献身と破婚」[6]で鋭くこう指摘する。

「わたしが夜、書いておくんです。すると朝、あの人が清書する。だって見てられないもの、締め切りが迫っても一向に出来ないから。仕方ないからそうしてました」多少うしろめたそうな顔でそう言われた。（中略）読みにくい八穂の字をH氏が清書する段階で、言葉の端々を直したり、方言を標準語に変えたり、短く切りつめたりするくらいの事はなされたであろう。そもそもの応募作『津軽林檎』は、百二十八枚が七十五枚になり、「あすならう」と改題されて「改造」（昭和7年）に載った。

ここで小倉氏の指摘は二点あって、一つはH氏が清書の段階で、言葉を直し、方言を標準語に改め、表現を短く切りつめる位の補削はしたであろうこと、もう一点は「あすならう」は「改造」の懸賞小説応募作「津軽林檎」一二八枚を大巾に短縮し、改題したものであることを指摘していることである。前者については原稿の現物を見ているかどうかは不明であるが、後者については原稿を見ていることは明らかである。

とすれば、「あすならう」のように枚数を約半分近くにカットし、改題した作品の場合に、これを単に清書と称するのは牽強付会とのそしりは甘受せざるをえないわけで、ここまで手が入れば合作と呼ぶのが当然ではないであろうか。

前者については、単なる校閲から進んで補削の領域に入っているようにも見えるのであるが、実態が不明である以上、補削の程度が最大であれば合作になることもないとは言えず、また逆にそれが校閲程度におさまることもありうるわけで、いずれにしてもこの場合の判定は厄介である。

つまり、清書といっても右に見て明らかなように、概念規定によって文字通りの清書から、補削、合作に至るまで、さまざまなレベルでの相違があることは明らかなわけであるから、これらを十派一絡にしての議論は余りに大雑把であり、乱暴であろう。第一、それでは議論が先に進まない。

とすれば、今後の問題の前進のためには、その作品が

一、久弥作か（↓キ）、八穂作か（↓ヤ）

二、合作か（↓キヤ）

三、深田の校閲・補正を経たものか（→ヤ㋖）

右の一〜三のどれに該当するかをまず決定することが第一である。若干のコメントを加えると、判別・選定の方法をぬきにして言うのだが、一は問題ないとして、二と三の区別は問題にすればキリがないので次のように考えてみたい。三は字句・表現の補正を得た程度のもので、テーマにかかわるような手を加えていないもの。これに対して二は補削を入念に加え、素材を十分に吟味してテーマとの関わりに細心の注意を払って作品を仕上げているもの。言い換えれば八穂提供の素材の仕上がり具合、完成度の高いものを二と考えることにしたい。

久弥作品の特徴

次に判別・選定の方法について試論を提出してみたい。深田の作品における著しい特徴を整理してみると次のようになる。これの有無が深田の作品か否かの有力な徴表になるであろう。ただし、八穂と同棲するのは私の最も信頼する堀込静香「年譜」（前出）によれば、昭和四年夏頃からというので、深田の作品の特徴措定にあたっては、八穂と一緒になる前の昭和三年末までに発表された作品を対象として抽出することにしたい。

㈠　深田は東大哲学科中退という経歴が示すように、私見によれば非常に観念的な人であったと言ってよいように思われる。そこから「時流批判」「文明批評」が頻出し、それらは概ね鋭く的確である。

(二) 自嘲と羞恥のせめぎあいによる〈自意識の劇〉、深田自身の愛用語で言えば「嘲魔」があり、中島敦流に言えば「臆病な自尊心」であり、「尊大な羞恥心」の跳梁がある。
(三) 主人公は多く非行動派。
(四) 方法としてはカリカチュアの多用。
(五) 構成への腐心と才気。
(六) 繊細な神経とこまやかな感覚。
(七) 論理的・理性的・分析的。
(八) 知性的・批評的。
(九) 都会的。
(十) 文章は格調が正しい。

他にもあげればもっとあげることはできるが一往この程度で打切って、あとは必要に応じてその都度具体例に即して指摘することにしたい。

八穂作品の特徴

これに対して、八穂の方は、同棲前のものは公表されてはおらず、一緒の間は久弥の名前ということになるので、手がかりとしては離婚して北畠八穂の名で発表した戦後の作品からということになり、それらの特徴を整理すれば大略次のようになろう。

(A)　話の素材は多く地方的・土俗的。
(B)　方言の多用。
(C)　会話の多用。
(D)　情景描写も多い。
(E)　主人公（又はヒロイン）は深田の作品とは対照的に自嘲や羞恥とは無縁で、思い迷うことなく、決断力に富み、行動派。
(F)　深田の論理的・理性的・分析的に対して感情的・感覚的で八方破れの傾向。
(G)　幻想的側面が強い。
(H)　表現には著しい特徴がある。
(イ)　主語・述語をはじめ省略が多い。
(ロ)　五W一Hとは無縁で、飛躍の多い文章で、一人合点や意味不明の点も多い。
(ハ)　現在と過去が混在してわかりにくい点もある。
(ニ)　イキのいい文章である。
(ホ)　切れたり、続いたり、自在。
(ヘ)　体言止の多用。
(I)　オノマトペの多用。

判定基準による判定

さて、以上の判定基準によって、深田久弥名の作品——二人が一緒になった年の昭和四年一月から、復員帰国して別居した昭和二十一年七月までに発表された小説について、そのいずれであるかについて判定してみたい。

形式としては、前述の判定基準の何によったか、その主な項目を示し、必要に応じて若干のコメントを付し、可能な限り（全作品の原文引用は不可能故）初出の冒頭部の一部を抄出[7]して理解の一助とした。但し、既に拙稿[8]で論じたものについては簡略にしたことをおことわりしておきたい。

なお、本文中に抄出した引用作品の初収作品集は次の通りである。

翌桧　江川書房（昭8・11・10　141頁　A5判　谷口喜作装幀）収録作品―オロッコの娘　乱暴者　あすならう

雪崩　改造社（昭9・5・14　310頁　B6判　文芸復興叢書12）収録作品―雪崩　一家　一昼夜　巫女　村の子供ら　水脈　空へ行つた女　嶽へ吹雪く　吹雪の夜の阿漕　麦稈帽子　小売店　おしやべり　さういふ女　先輩訪問　EDELWEISS　母と子　あすならう

青猪　竹村書房（昭10・9・15　336頁　菊判　谷口喜作装幀　河東碧梧桐題字）収録作品―乱暴者　淫婦マリア　短篇五つ（嶽へ吹雪く　空へ行つた女　吹雪の夜の阿漕　真夏は南で　素晴しい女）青猪　甥に話した黙示録　をさなき昔　村の子供ら　雪崩　通信　巻末記

津軽の野づら 成立が複雑なので一般に流布している文庫本によった。角川書店（昭29・6・30初版発行 昭35・2・20六版発行 286頁 解説山室静）目次―あすならう チャシヌマ エェデル・ワイス 志乃の手紙 母 帰郷 はぎ葉 山の小屋 幼な顔 月の桂

鎌倉夫人 改造社（昭12・10・20 319頁 菊判変型 谷口喜作装幀 川端康成題字）収録作品―鎌倉夫人 不穏計画 大火の後 夫人達のクラス会 G・S・L倶楽部 結婚披露式

雲と花と歌 春陽堂（昭13・11・20 335頁 四六判 新小説選集第12巻）収録作品―子はたから 平家再興 初夏の若妻 花嫁準備 利用小母さん アルキメデスの日 恋の骨折損？ 希望の七人 里芋日曜 五人と一匹 豚を尋ねて

知と愛 河出書房（昭14・11・14 354頁 四六判変型 谷口喜作装幀）第一章から五章までに、既発表の「強者連盟」「見合ひ」「亮子の領分」「挿絵」「幼な友達」「瑪瑙石」「北の旅」を改稿して収録

贋修道院 新潮社（昭14・12・8 313頁 B6判 昭和名作選集16 解説河上徹太郎）収録作品―贋修道院 あすならう オロッコの娘 G・S・L倶楽部

翼ある花 金星堂（昭15・3・20 329頁 四六判 谷口喜作装幀）収録作品―翼ある花 パリサイの徒 出世写真 ウソから出たまこと 輝く舞扇 訝する歌 山の上の家

紫匂ふ 改造社（昭16・11・16 359頁 四六判 谷口喜作装幀）収録作品―姪二人 手力男 地福 貞の奉公 紫匂ふ

少年部隊 大日本雄弁会講談社（昭17・3・3 284頁 B6判 吉田貫三郎装幀・挿絵）少年部隊

命短し 青木書店（昭18・6・15 301頁 四六判 須川敏江装幀）収録作品―命短し 弓 かの女の手帳 才覚 病室勤務 道筋 天の餅 木かげの話

をとめだより 小学館（昭18・8・1 294頁 四六判 松野一夫装幀・挿絵）をとめだより

続知と愛 河出書房（昭18・8・10 367頁 四六判 谷口喜作装幀）第一章から五章までに既発表の「車中にて」「夏休み」「盗み聞き」「スケッチ」「かの女の手帳」「病室勤務」「仲間」を改稿して収録

親 友 新潮社（昭18・12・25 369頁 四六判）親友

地球儀を持つた子供たち 教養社（奥付は大日本出版株式会社 昭19・7・10 168頁 菊判 田中章太郎装幀）収録作品―地球儀を持つた子供たち 進級日記

1 キ「イエスの弟子」（昭4・2「創作月刊」のち「パリサイの徒」昭10・1「現代」に改題改稿）㈠㈣㈤㈦㈧

注8の拙稿参照。

若し牧師に鋭敏な形而上的の思弁癖があつたとすれば、当然彼は次のやうな矛盾に一応は悩されるべきだつた。即ち、キリストの説く博愛主義と、軍艦の象徴する軍国主義とは、断じて相容れないものであると。だが、許してやり給へ。伯父は神様以外の事に就いては、余り委しくは知らないのだ。彼は基督教と日本帝国とが平行線のやうに仲よく栄えてゆくことを信じてゐる。この間に聊かの撞着をも感じないのだ。彼ばかりではない。現代の一般の宗教家もさうであるやうに。尤も、帝国主義と宗教とは、人民に服従と温順を強ひる点に於ては、車の両輪のやうに似通つたものであるが。

2　キ　「懶惰な街」（昭4・8「文芸都市」　のち「街」昭8・10「文芸春秋」に発展）㈠㈣㈦㈧

街を性格・容姿・生活・思想から分析。

此処に或る特定の性格を描くこと――そのために僕は筆をとりあげたのだ。

この街は贅沢の好きな怠け者だつた。富裕な若奥様のやうに。夫人の生活は享楽のために金銭を浪費することだ。そのやうにこの街も自分で何一つ作り出すこともせず、唯浪費することにだけに頭を悩してゐた。夫人はその金銭が誰の労力で出来たのかを考へない。そのやうにこの街も自分に物資を供給してくれるみぢめな街のことをすつかり忘れてゐた。ここには唯歓楽と消費だけがある。この華やかな生活の中にあつて、誰が肌に冷めたいことを考へやう。

3　ヤキ　「津軽の野づら⑴」（昭4・11「新思潮」）ⒶⒸⒺⒻ

現代の津軽を舞台に志乃・チャシヌマ・武の運命の変転を描く。

津軽の言葉でメラシは処女。林檎畑の仕事はあらかたメラシがする。りんごはメラシの丹精だ。

仕事する指さきを襟元へくくめ、口へ寄せて息をかけかけ、暁方の靄の中を、メラシ被りの赤い布がいくつも林檎畑へ急ぐ。畑は山の斜面に拡つてゐる。実のりの頃は土からして林檎の匂。メラシ達は一日匂に染つて働く。十月の畑は、捥がれる赤と捥ぐ赤とで賑はう。

メラシ達の顔ぶれは毎年少しづつかはる。お嫁に行つたメラシのあとを、新しいメラシが塡める。五年とつづくメラシは稀だ。その中でしんのやうにかはらないメラシが一人。一人は地主の戸田の一人娘の志乃で、毎年のメラシ達を楽しく働かせる楫とり。今一人はチャコと呼ばれるアイヌメノコのチャシヌマ。

4　ヤキ　「津軽の野づら(2)」（昭5・1「新思潮」）(A)(C)(E)(F)

冬になれば村は道がなくなる。アカシヤの並木を当に凍雪を踏んでゆく。藁靴の底でキュッキュッと雪の締まる音がする。袖無しの脇から入れた手を背中で温めて、薄ら青く暮れかけた野面を、チャシヌマは一心に山小屋へ上つて行く。山から炭が降りて来ないので、爺さまの様子をみに行くのだ。通りがけに毟りとつた葉つぱを唇にあてて息をこめて吹けば、くぐもつた音が心細さうに野末へ伝はる。

「爺さまァ――」

押し除けた垂菰を頸で支へて、薄暗い中を覗きこむ。雪に曝された眼には燃え燻つた榾火だけがほんのり赤い。

5　キ　「或フォードの一生」（昭5・1「文学」）(一)(七)(八)

一台の車の一生に託して人間社会を批判。注8の拙稿参照。

6　ヤ　「村の子供ら」（昭5・2「一九三〇」）(A)(C)(イ)(エ)

村の子供達の遊びのスケッチである。

刈りごろの山の草原の、よくのびた穂と穂とを結び合はせて、その中にうづくまる子供ら。

―繭の中のさなぎよ。

―うさぎのうちだ。

が、いつまでもぢつとしてゐない。自分の巣を抜け、隣りのをくぐつて

―トンネル、トンネル。

―シュツシュツポツポ、シュポツポ……

と今度は汽車遊びだ。それにも倦きれば、又穴ごもりする。

―たぬきじやなァい。

―ししだよゥ。

めいめいの草の家はホツコリあつたかい。

7　キ　「美の意志」（昭5・3「文学」）(二)(七)(九)

注8の拙稿参照。

8　ヤ(キ)　「春のなりかけ」（昭5・4「一九三〇」　のち「EDELWEISS」の一部となる）(A)(D)(イ)(ロ)

雪解けの春を知らない人は、ほんたうの春のよろこびを知らない。北国では春が一時に押

しよせて来る。眼に痛いくらゐの空の蒼さ。光は粒々になつて野原中に溢れる。山風がこの頃ほど美しく見えることはない。雪の下から出てくるくろ土の親しさ。踏む足の裏に弾みのある地面が伝はつてくる。いぢけた血管の中には、春の酵素が生じてきていきいきと身体中に行きわたる。一冬を吹雪の中に忍んできた人々は、もうぢつとしては居られない。

9 キ 「海浜ホテル」（昭5・6「芸術派ヴァラエティ」）㈠㈡㈦㈧
プロレタリア作家の自意識の劇を描く。

　真夏の午後。海岸の避暑地へ向ふ汽車の中で、浦雄は思案に暮れてゐた。始めは自分でぢかにホテルへ出かけるつもりでゐた。が途中、R夫人を煩はしては、と思ひついたのだ。R夫人はその地に永く住んでゐる人だから、その紹介で行けば何かにつけて便宜を図つて貰へるだらう。素手で行つて自分の身分と財産とを旅館の人達に知らせるまでの、あの不愉快な疑ひの眼つきを免れるだけでも結構だ。それに彼の身なりから判断した限りでは、あまりホテルの信用を受けさうにもないのだから。

10 ヤ 「子供のクロッキ」（昭5・6「作品」）ⒶⒻⒼⒾ
子供の姿のスケッチ集。八穂独自の文体であろうと思われる。

　漆の木は勢がいい。
　中でも水々しい幹へ乱暴な刃がたを刻みこんで、汁の滴りを土甕でうけ、
（漆屋へ売れば、生れてからまだ見ない海へ行かれる——）

うれしくて跳ね上る拍子に腰かけられさうな梢を見あげる。
梢のあたりの空。あれは遠い海ではないかしら。身うちに木魂する潮なりに、魚が群れて泳ぎ、くだけた泡つぶが膚へ浮上つてくる。

11 キ 「公孫樹の下の信者」（昭5・7「作品」 引用は初出の末尾）㈠㈤㈦㈧
注8の拙稿参照。

「探してるつて！ とんでもない、私は毎日その女に逢つてるんだ。真木は毎日夕方頃仁王門から私の坐つてる公孫樹の脇を通つて二天門の方へ抜けて行くんだよ。向ふで気がつかぬらしいが、私にはちやんと真木であることがわかつてるんだ。だつて……」と云ひさして、老人は表現の難しさを身ぶりであらはした。若し彼に言葉を纏める才能を与へたとしたらかう云つたであらう身ぶりで。

「……だつて私には信仰が奇蹟から生れるのでなくて、信仰から奇蹟が生れるんですよ。だからそれを極く自然な、しかし今迄知られないでゐた事実として許してゐるんです。若し私が不信者だつたら奇蹟なんぞ信じない力を持つてますよ。そして一旦奇蹟が本当の事実となつて現はれたら、私は奇蹟を許さないよりも前に、むしろ自分の感覚を信じますまいよ。」

12 ヤ㈖ 「志乃の手紙」（昭5・9「作品」）ⒶⒺⒻ㈡
志乃が東京にいる恋人（の高丸）にあてた手紙。男勝りで姐御肌、竹を割ったような魅力的な性格が浮び上ってくる。そういう効果をあげるためには八穂の表現のマイナス点（飛躍・一人よがり・意味不分明等）を校閲し、補正した久弥の協力が必要であったと考えられる。

　はい

　すなほな山の木のズイコの好きな志乃のことばは、ズイコのズイでございます。野の子の志乃ですものしぶ皮もついてゐませうが、すつかりすゝいですきとほりたいのが何よりのねがひ。こんぐらかつたのをがまんしてゐるとオリカスがたまります。志乃の手紙はオリカスの棄て場です。ほかへ棄てたらそこが又よごれさうで、あなたより外に吐け口は手近にございません。どうぞ志乃のズイコが一々すゝがれて新鮮な素を湧かすやうにお励まし下さい。

13　キヤ　「オロッコの娘」（昭5・10「文芸春秋」）㊄㊅㊉ⒶⒺ

　樺太のオロッコ族の娘とギリヤーク族の若者の、太古の民さながらの愛と死を描いた佳品。同時にそれが「津軽の野づら」のチャシヌマの出生の由来にもなっている。八穂は上野図書館に通って調べて書いたというが、構成への腐心と才気、格調のある文章で、八穂特有の一人よがりの飛躍した文章や表現は一切ないところから考えて、八穂の草稿に二人で何度も手を入れて合作したものと考えるのが至当と思われる。

　樺太のツンドラ地帯に馴鹿を飼ふため水草を追ふて遊牧する土民オロッコの或る一族が、異族の土民ギリヤークと程近く屯した一冬のこと、貯へ用の干鮭に不足してきた。生れつき怠けることの好きなオロッコは仕方もなく、毎日強い酒や莨に耽りながら冬のあけるのを待つてゐた。命の養ひ分である干鮭が欠けては、平生粗い男達でさへ狩猟に出る元気もなかつたのである。

　オロッコ娘のパタラはある日脂気のない鍋を仕末すると父や兄達の囲んでいる爐ばたへ寄らずに雪照りの外へ出てみた。久しぶりで晴れた氣軽さに歩いて行くとギリャークの方の道へ出た。進取の気に富んだギリャークは土着のアイヌとゆききをしてゐるので、自然足跡が固めて道も歩き易い。

14　キ　「三つの誠」（昭5・11「作品」）㈠㈣㈦

甲斐四郎の同棲をめぐって、案じて上京する父と、それが全くの杞憂にすぎなかった所以を、女と友人達のチームプレーによって描いたもので、素材的には久弥と八穂の場合が反映されていよう。青春期に最も深田が傾倒したのは芥川と漱石だがここには芥川風の警句が至るところにちりばめられている。


　「甲斐四郎は妙な女と同棲してゐる。」

　と話しかけられた友達は大てい
　「なに？ あの甲斐が？」

　と半疑ひの驚いた顔をする。彼等の知つてゐる甲斐とこの噂とは余りかけ離れてゐるので一寸面くらふのだが、直ぐそのあとから抑え切れぬ微笑があらはれてくる。思ひもよらぬ艶事といふものは人の心を明るく軽はずみにする。

　「さう云へば、あいつにはそんな所があるよ。」

と知つた風な口をきくのだが、その実何も知つてゐないのが普通だ。この連中ときたら甲斐が自殺してもおんなじ事を云ふだらう

「彼は感情的だからね。」

と冷やかさうに批判を下す仲間も、実は甲斐の上べの感傷癖にいつもだまされてきた手合だ。彼等はこのお面を本性とばかり信じてゐるほど他愛もない。

15　ヤ(キ)「雪解けごろ（続志乃の手紙）」（昭5・12「作品」）(A)(E)(F)(一)

前記12の作品における志乃の個性を一層発揮して、医者からのお見合・求婚を一蹴する話。前作同様、八穂の個性・表現を最大限に生かしつつ意味不明に陥らないように久弥が校閲・補削したと考えられる。

「ぶだう畑のぶだう作り」九日の午前にいたゞきました。たのしいご本で読むほど好きになります。ほんたうにありがたうございます。ドウドウめぐりの小説だらけなのに、これはツウイツウイと進むよな気もちよさ、頭のいゝ人がとかく行きたがるトゲの道へもよらず、まつすぐ自分の書きたい通りを書くすきとほつた行き方は、全くせいせいします。誰も言へないそれでゐて誰も言ひたがつてる事を、ピチピチ言つてるやうです。これは私が言ふ筈だつたと抗議を申込みたくなります。が、やつぱり外国人らしいまはりくどい言ひまはしが、ぎごちないやうです。志乃の手紙はわかりにくいと皆から言はれます。この頃そこいらにゐるのを拾ひよみしても、どれもどれもやゝこしくて、中でも西洋の訳詩はこれはひどいと中

途でよしました。訳した詩はどれもスキッとしません。その国のその人のその書いた時のまゝでしたらすなほなのでせう。

今日は青空にわたぐも、ぽつちりでもいゝ、あなたのお手紙よみたい。春まで待つたが来ないのはどうしたのかしら、遅んぼ、おそんぼ、早くこい。志乃はどしどしあなたから滋味を汲み出さう。

16　キヤ「ＥＤＥＬＷＥＩＳＳ」（昭6・1「作品」）㈩ⒶⒷⒸⒺ

津軽に生きる志乃は政変で損害を受けた分を鉱水でとりもどそうと山に採水に行き、途中知合った青年―東京から高山植物研究のために八甲田山に来ていた―に好感をもち、家に一泊させ、翌朝別れるが、青年のくれたエェデル・ワイスが心から離れない。草稿は八穂が書き、久弥がその構成を改め、表現に手を入れて端正な青春物語に仕上ったと考えられる。

雪に覆はれた野づらが胎兒なら、春になりかけた津軽野は、傍を驚かして知慧づくみどり兒だ。見る見るうちに、畑はもくもく畝になり、木の芽はふくらみ、水の流れは素ばしつこくなる。

築港行の鞭の筋が砂利川原につき始める。基礎工事を急ぎ出した築港からは、にはかに註文を責めたててくる。元の砂利場だけでは間に合はぬので、もつと川下まで川原の鑑札を下げて貰った志乃は、臨時雇のとほしこ達が採り次第のバラス（砂利）を金と引換へて歩く。

勢のいい馬の鈴を聞いただけで、志乃は商賣の忙しさに身が緊る。

「アネさ、これァ銭コの盛だナ。なんぼいいばナ。」

稼ぐ仕事が十分ならば樂しいこの人達だ。

「おほひらさまのおかげだべ。」

岩といふ信仰者にはいつもこのおほひらさまがついてゐる。

おほひらさまは津軽野づらの神様だ。二本の桑の棒切にボロ片を幾重にも被せたのがあらたかな神様の御本體。その両方をぶっつけ合せながら、ここらの田舎を歩きまはる。

17　キ　「ハムレット」（昭7・1「作品」）㈠㈣㈦
寡作家でなる高名の作家が編集者の青年の熱心な慫慂で小説「ハムレット」八十枚を二年越しで脱稿、一読して青年は傑作と思うが、しかしそれを渡さずもう一月推敲して四十枚、これは明らかに前より落ちるが、又もう一月待てといって推敲、三度目には十枚、それは読むに堪えないものであったが更に四、五日待てと言って、三日目には発狂していた。編集者から見た作家へのカリカチュアで、久弥自身の体験を生かしたものであろう。コントだ。

18　ヤ　「雪崩」（昭7・4「文芸春秋」）(A)(C)(E)(G)（へ
北国の岬の子供民の話——民は体が弱く、空想家で十三になる吉があこがれのまと。吉は半年以上の出稼に行くが、その間民は吉との生活を夢み、小屋を作り、帰りを待つ。吉が帰ると積雪の中、小屋に行く途中で雪崩に遭い、吉は死ぬが、民は吉のように丈夫になり、出稼に行くのを楽しみに待つ。「アセシ川の精のやうな」野生児達の生態、その様々な遊び、を幻想を交えて生き生きと描く。八穂の原稿に久弥の校閲の手が入っていたとしてもそれは最小限であろうと思われる。

山が海に切れる崖で、

「このアセシ川はナ、底の岩がどれも水を噴いてゐるんだ。」

と激しい渓流を指して、ここまで一緒に来た人には誰にでもきつと言わずにはおかない童子。名前をきくと、

「民。」

殻が弾く勢で言って、

「来年はナ、十三になるからカハサキに行くんだ。」

「カハサキ——?・」

「うん。魚が群れになつてくるのを見つけるだろ。ほしいだろ。そこへたくさんの人が行つてとつてくれたらいい。そのとつてくれに行く人をカハサキといふんだ。舟に乗つて春にここを出かけ、北海道を廻つてずつと遠いとこまで行くんだ。」

こことい ふのは、岬の一端、切立の山の背骨が荒海とぶつかつてゐるところ。野のない村人は、土地だけでは生活に苦しいから、一群の漁夫となつて、舟ごと漁期漁期の海岸で働く。この一群が民のカハサキなのだ。

19 ヤ㈭ 「便り」(昭7・6「婦人サロン」)(E)

前掲12、15に続く「志乃の手紙」の第三作で二人の仲がいよいよさし迫って将来を約束することになり、父を失望させるが、家計も交際も上手にやるから心配ないと胸を張る。八穂の稿を最大限に生かしつつの校閲程度であろう。

命のある限り二度とは書けないお手紙を出して、今日御返事をいただくまで、自分でも驚きましたほど生真面目な五日でございました。いまお手紙を手にして、五日の間のこの気持を一時にしぼつたやうに涙が出ました。泣いたのでは決してありません。よその方にくらべて、幼いこころだとも一気になる性だとも、ようく存じては居りましたものの、脈や息にまで迫つて来やうとは思ひませんでした。病気ではないかと言はれ、自分でも夢のやうな状態を感じながら、しんだけはおそろしく澄んだ思ひで、ズイコをみつめ、どんなお答へをもしつかりと受けられる用意をいたして居りました。いのちにかけても惜しくないたつた一つのまことでしたけれど、もし私の感じたまことが間違つてゐたら、けつして女々しい真似はせずきれいにさよならをする決心でゐました。毎日神様の御前にピタリと向きあつて、全霊をささげて祈り、神様も私のために祈つて下さるやうに思はれました。

20 ヤ 「空へ行つた女」（昭7・9「文学」） ⒜⒞⒠㈠

芳は器量望みで網元の女房になるが、半年で旦那は放蕩、二年辛抱したあと、意地から女郎になり、今は彼女に惚れこんだ漁師の女房になり、密漁までして稼いでいるらしい。こわいものなし、天衣無縫の生き方讃美。

うん僕も行く時アそのヒジキさ、それがこんなに丈夫に持ち直したのも、不思議な女の顕験なんだ。「空へ行つた女」つて僕ア名をつけたんだが、ひどく健康なノシ棒さ。

夜中の三時に舟出するそのへんの浜べでは、僕が散歩に出る夕なぎ頃は、いつもひつそりかんとしてゐて、時たま密漁を見張る番小屋の爺が退屈さうにブラブラしてるのに逢ふくらゐだ。その爺がね、ある日欠伸まじりにこんな話をして聞かせた。

「もちつと前まではね、遠網を引く時にア浜ぢうの女子総出で素つ裸さ。神に障りがあるといふんで布つ切一つつけず、十四五から五十がらみまでの裸女が体で体を揉んで、掛声勇しく網を引く。その元気つたら怖いくらゐだよ。男なんぞそばへ寄つてみな、蹴殺されちまひさうな、勢ひなんだ。」
21 ヤキ「あすならう」（昭7・11「改造」引用は初出の末尾）(A)(E)（へ）
父の事業の失敗・倒産・ひどい一軒家への引越し・父の不倫・加えて知恵遅れの兄の気まぐれな放蕩・姉はカフェを経営しているが家を助ける気は全くない—こういう暗い家庭の中で八穂は専門学校を中退して小学校の代用教員になって父母を喜ばせるのも束の間、カリエスになり、ギプスベッドで寝たきりの生活になるが、心は逆に「本当の刺戟を求める魂」たちが寄ってくる店をきっと開くのだと決意する。即実行にうつす果断な決断と逞しい実行力、マイナスや不幸を逆転してしまう発想と楽天性、等々、「志乃もの」に示されてきた魅力的な個性がここにも現れている。前述したように小倉千加子はこの作は八穂の「津軽林檎」一二八枚が七五枚に短縮され、タイトルも改められたというように、深田の手によって改削されたとすればそれは合作と呼ぶのが最も適しいであろう。

　小さな頃、志穂は八穂に、

「よくこの土をたがやして、一番いい林檎を作ろう。どこのよりいいのをよ。」

「だってどこからその林檎の種を出すの。」

「何代も何代も前から少しづつよくして、一番の津軽林檎を志穂は実らすぞ。」と約束した。

　その志穂の林檎は、魂を疲らせる刺戟を売る店になつた。さうだ、八穂は本当の刺戟を求める魂たちが寄つてくる店を開かう。もつともつと生々した刺戟を売る店を。店の飾はおろしたてのトランプのやうに新鮮に、接待は混りつけのない津軽の童女。八穂こそ誰も出来さなかつた津軽一番の林檎を実のらせよう。ようし、用意はいいさ。さア、オン・ユア・マーク、ゲッセット、――スタートの一瞬前。

22　ヤ㈹　「甥に話した黙示録」（昭8・1「文芸春秋」）　(C)(E)(G)

　姉夫婦が郷里に帰省した留守に十二・十・六歳の甥たちを預かり、話をせがまれて聖書の黙示録四～九章を話してやると人喜び、翌日は庭で黙示録ごっこをし、十歳の子は学芸会で話してほめられる。十二歳の子は綴り方に書きたいから別の話をというので十二章のミカエルと竜の話をしてやると、数日後学校で怪我をして来たので問いただすと、ミカエルと竜の戦をしてきたからだと空想はふくらむ一方。キリスト教信者の八穂の得意の素材。八穂の原稿を校閲した程度であろう。

23　ヤ　「吹雪の夜の阿漕」（昭8・2「婦人公論」）(A)(C)(E)

家は貧しい漁師だが、アサは器量と働き者を見こまれて山峡の裕福な豆腐屋の嫁になり、評判の働き者とはやされるが、百日たたぬ頃に亭主との仲が悪く、空が荒れる日は手ひどくはねつけるそうだとの噂が流れ、一ヵ月たたぬうちに返される。迎えに行ったのは宇助二十一歳。アサに惚れこんでいたが半年前にはどうにもならず、危険な漁にも身を構わず僅かの間に伝馬船一隻を稼ぎ出した働き手。宇助はアサにプロポーズするが相手にされず、ところが、二月吹雪の夜宇助が舟を出すのを耳ざとく聞きつけたアサは飛び乗り、彼には目もくれず、櫓をこぎ、網を打って魚をとり、沖へ沖へと進んでゆく。アサは仕事に生き死にする女であって、男女間のことには不向きな、不器用な女であったと見るべきであろう。そういう珍しい女を八穂が拾い上げたものであろう。

晴れれば尚凍みる寒中の夜、傷つきさうな冷たい屋根の上から唄がひびく。

　忘れしやんすな追分みちを
　左ア松原　右ア薬師

唄も凍りはしないか。大かたは埋み火のこたつの温みでふくらんだ蒲団を着かついで、うつとり眠りに入る頃だ。

　山が高うてわが里みえぬ

海がこひしや　山憎くや
「豆腐屋の花嫁御は元気に稼ぐの。」
「明日はうまい凍豆腐が食へるで。」
舌ざはりのいい凍豆腐のキメにとろりと汁の染込んだ味を、唾に飲みこんで、唄に聞き惚れながら、うつらうつらとまどろむ。

24　キヤ　「一家」（昭8・3「改造」　引用は初版）(A)(C)(E)

「家」の問題――姑と嫁、居候（亡夫の弟の妻子）の問題――にふりまわされる一家からやがて、二男夫婦も、居候も出て行くところで終る。素材的には八穂のものかとも思われるが、久弥の筆も強いと思われるので一往合作としておきたい。

道普請で疲れて帰ってきたが、宅二は家へ上らずにそのまま兎小屋の方へ廻った。いつも餌をやる時刻はとつくに過ぎてゐた。彼の姿を見ると塡込みの蓋に鼻先をぶつつけ食物の催促に寄つてくる兎どものことを思つて、宅二は大急ぎになつて戻つてきたのだ。

身体は四貫俵が軽いほど頑丈ながら、子供のとき風呂で滑つて、一坪の流し場半分染まるほどの血を流した傷が今も後頭に残つてをり、そのせゐか宅二は三十になつた今日も人並みの智慧に欠けてゐる。普請場でも「宅さん、宅さん」と半分は人なつこさ半分は与し易さから親しまれるが、賃仕事にならぬ村の道普請では煙草交りの世間話が多く、誰も捗捗しく腰をあげないので、「宅さん、そつちを頼むぜ」と畚の片方はいつも彼が担がせられる。おどけ者が皆を笑はせる相手にも宅二が引合に出されるが、そんな時の彼は叱られた童みたいに真赤になつて、一層皆の笑ひを大きくした。

25　キ　「一昼夜」（昭8・6「新潮」　のち改稿されて『知と愛』に入る。引用は初版）㈠㈣㈧

一高生、田野甲一の一昼夜を左傾学生の団との対比の中に描く。時流批判の多くは作者の持論である。これは久弥のもの。

午後八時になると甲一は例の通り寄宿舎を出た。大学と高等学校の間の暗い淋しいアスファルトの道を通つて左へ曲がるとダラダラの下り坂になつて根津の通りへ出る。その往来を横切ると道は又幾らか上り気味になつて上野の森の方へ続いてゐる。ある奇妙な習慣から甲一は毎晩この道筋を通るので、もうあたりの様子はすつかり心得てゐた。上野にかかつてからの道は彼の好きな通りだつた。大きな屋敷や樹木の多いこの通りはいつもひつそりとしてゐて、歩きながら好き勝手な考へに耽ることが出来た。

26　ヤキ　「乱暴者」（昭8・2「若草」、同8・7「経済往来」）㈠(E)(G)

「Plenty and Peace」を排して乏しく、不自由さの中にこそ生きがい、真の生活があるとするテーマを神話のよそおいの中に描いたもの。これは久弥の終生のテーマであり、八穂のめざすものでもあった。合作とみるべきであろう。

27　ヤ　「水脈」（昭8・8「若草」　引用は初版）(E)(F)

小学校の代用教員になった真紀と友人ののぶ子の往復書簡の体裁であるが、八穂特有の客観化・対象化が不十分なために、読者にはよくわからないところが色々ある。一人よがり、一人合点の典型といってよいもの。

のぶさん。書くまいと我慢してゐたのに書かずに居れなくなりました。真紀は代用教員になつたのを御存知ないでせう。秋の遠足に村を通ると、柿の木へ登つてゐた村の童を羨んで、二人はあんなに遊びたいな、野の子になりたいな、などと申しましたつけ。それをそのまま実際にあたつてみて、素朴とは野蛮の皮だと知りました。百姓や漁師にしたらそこにまた動かせない現実があるのでせう。これに抽象的な理論をどう結びつければいいのか迷つてしまひます。これではいけないとあせれば、あせりだけが残つてみんな遠くなつてゆきさうです。標準のちがつた地にポトリ見境もなく落ちた一粒は、伸びようにも芽も生え出せません。独りを澄まさうとして泥まみれになつてゐます。のぶさん、卑怯ですが逃げたくなりました。さよなら。

28　ヤ(キ)　「巫女」（昭8・9「新潮」引用は初版）(A)(C)

因業な母に育てられたイソが、或る時人の心が見える巫女《イチコ》になり、大当たり。やがて彼女も十九、青年たちとの夜の語らいも楽しくなった頃、村は旱魃で困り、遂にイソが山中の龍神様に一週間祈ることになるが、恐怖と混乱から滝にとびこみ、雨は降らない。素材は八穂系と思われるが、久弥の校閲はキチンと入っているようだ。

噂の主は町から二つ目の、家数が七軒しかない小村の親子で、母親は附近に知れわたつたズルモノであつた。阿母は十円札を一枚手に持つて門口に立ち、「おう△△、それ一俵売つてくれねえか。」と声をかける。

相手は阿母の札を見て、売つてもいいと答へると、おつかぶせるやうに、白にして帰りに置いてつて。」と約束させる。

精米所から帰りに一俵阿母の家の土間へ下したが、阿母はゐない。あとで金を請求すると、「お前さんに払はうと思つてたのに急に他に入用が出来て……」とか「なにせ餓鬼が多いので……」とか言つて、もうその代金は渡さない。

29　キ　「街」（昭8・10「文芸春秋」）㈠㈣

東京の銀座を、総論から各論に及んで文明批評風に論じたもので、原形は「懶惰な街」（前出）にあり、深田固有のロジックである。

その街は、一本の幅の広い大通りと、幾筋かの裏通りから成り立つてゐた。その裏通りは、更にたくさんの路地を軒々の間にしのびこませてゐた。

大通りは軒並みに人眼をひく明るい店が並び、綺麗に掃き清められた南側の歩道には、いつも用のなさそうな人々がブラブラ歩いてゐた。その往来する群を見て居れば、この都会の風俗の大ていの種類を数へることが出来た。人々は朗らかな屈託のない顔をして歩いてゐた。そのキチンとした身だしなみを見ると、大方は裕福な暮しをしてゐるやうに見えた。しかし実際はさうではなかつた。そら、そこの飾窓を覗きこんでゐる青年を見給へ。洒落た最新型の背広を着て高価な正札のついた品に見入つてゐるのだが、この青年はやつと洋服屋に月賦を一回分だけ払つたばかりなのである。派手な着物に艶な化粧をした若い女が通る。そのあとをつけて見給へ。ひよつとすると薄汚い場末の下駄屋の二階に住んでゐるかも知れないから。

30 キ 「先輩訪問」（昭8・11「行動」引用は初版）㈠㈣

文学青年の流行作家訪問を通して、その俗物性を批判。深田に固有のもの。

「文学青年西与吉はやつと二十二歳になつたばかりであつた。彼はまだ自分の才能に見限りをつけるには若過ぎた。いや、若過ぎて本当の値打がわからないだけに、どんな大きな自惚をも持つことが出来たのである。しかし彼はその自惚と相殺するだけの謙譲の精神を具へてゐた。才能はありながらその才能と両輪をなす謙譲を欠いてゐたために、惜しくも亡んで行つた人人の例はいくつもある。文学において謙譲といふことが才能と同じ高さの大切な素質だとしたなら、西与吉の将来はかなり約束されたものと言つていい。彼は野心に燃えてはゐたが、又羞恥に近い謙譲さを持つてゐた。数分の後に迫つた桧垣氏との初対面を思ふと、彼の心はドキドキ波打つのであつた。ヘマなことを言つて笑はれちやいけない。第一印象が大事だからな、と。

31 ヤキ 「おしやべり」（昭8・11「文学界」引用は初版）㈤㈥

十四の歳から十七の今に至るまでの女中遍歴の話。とりたてて言うほどのこともないが、とにかくおしゃべり好きという女中を書いたもので、八穂の草稿に久弥が補削を入れて意味不通のところは無くしてある。校閲よりも、丁寧、入念なので合作の方がよい。

……喋るな喋るなつたつて、自分達も楽しげに喋るぢやないか。私ア人と喋つてゐることと、鏡を見てゐるのと、こつそり何か食べるのとが何より嬉しくつて仕様ない。十四の年、姉の友達の世話で金光教に凝りかたまつた家へ奉公に出ました。話と違つて一文商ひをしてゐる貧乏な家で、私ア台所の揚板で御飯に醤油かけてばかり食べた。負ふ赤ん坊はおとなしかつたけれど、こんな位ならうちにゐてあの六畳で、妹三人弟二人のきやうだい達と押しつくらで寝たり、芋を煮て食べたりした方がいい。おなじ守をするなら、もつと綺麗な着物をきた子を負つてゐるのなら、まだ奉公に出た甲斐もあるけれど、と思つて、それとなし様子を見にきた母にさう言ふと、母もその家のさまを見て、それならと暇を取つてくれ、今度は京橋の親戚で活版屋をしてゐる家へ暫く預けられました。郷里の町は狭いし、伴れて帰るとすぐ何とか言はれるからだ。

32　ヤキ　「小売店」（昭9・1「文芸」　引用は初版）(A)(E)

身分不相応な結婚に終止符を打った宇枝（十九で見染められ、二十六で別れた）は荒れた畑を耕してジギタリス栽培を始め、三年で二百円儲けると次は女学校前の文房具屋に転じ、これも才覚と性分でどんどんはやらせ、里子に出していた娘をひきとり、婿を取つて隠居し、孫の守り。八穂系の素材で彼女の原稿に久弥の補削が入ったもの。

「宇枝さ、よく精が出るなう。」

脇道を通る村人はこの出戻り娘に、労るやうな蔑むやうな愛想言葉をかけて行つた。

ほんとに何を植ゑるつもりだらう。あんな荒地には小豆なんぞでなきや育つまいに。

「とてもいいもの。小豆買つて食つてもまだお釣がくるくらゐなものを植ゑる。」

訊かれれば宇枝はさう答へる。貧しい家から工学士の奥様になつて、八年目に又何もかも棄てて帰つて来た娘の、口に言はぬそれまでの苦労を察して、父母は彼女の言ふなりにしておいた。

半月もして畑をうなひ終わると、宇枝はキツネダンブクロと嫌はれてゐるヂギタリスの株を方方から集めてきて行儀よく植ゑた。

「食ふもの植ゑないで、あんな毒草など育てたりして。——」

「あの娘も変り者だから。」

宇枝の俄か出世を喜ばなかつた人達は嘲つて言つた。しかし彼女はそんな人達に拘はつては居れなかつた。皆の人は知らないが宇枝には三つの女の子が遠い在へ里子にやつてあつた。この子のことを思ふとヒシャげて居られないのだ。どれだけの事が出来るか為してみよう、といふ気性は持前はげしかつた。
33　ヤキ「さういふ女」（昭9・4「新潮」引用は初版）(C)(E)(F)
沢ぬい——検事の娘で美貌と才知に恵まれ、人気も群を抜いていたが、それを維持し続けるために、女学校三年生の時、万引きや級の集金を着服していたことがバレて東京へ転校となる。そこでは取りまきの女の子ではもはや満足せず、男にはまって行き、大学生ではあるが、マドロスになりたがっている海ゴロに熱をあげ、男の修業が続く。やがて遊び人にとって理想の女――無限に与え続けて、決して拒否したり、求めない女になってゆく。八穂が書き、久弥が手を入れたもの。

生徒達の間には季節によつて毬とか綾とりとかおはじきがはやる。ぬいはどのはやりにも、毬なら二つ、お手玉なら絹の箱入のを持つてきて、自分ではしようともせず、誰にでも貸しておく。

「沢さん、私に。」

「あら、きのふ私に貸すつて言つたぢやないの。」

「ぢや、順順に使つて頂戴、あなた方でいいやうに決めて」とあつさりしたものだ。

ある時、ぬいが色紙を一把のまま持つてきたので、皆は分けて貰へるものとワアワア寄つて待ち構へてゐると、そのうちの我儘なのが、「それみんな欲しいわ」と外の連中を押しのけて取つてしまつた。

「ええ、ぢやみんなにあなたが分けてね。」

ぬいはそのままその子に束を手渡した。

「あら、いやだ。」

「工藤さんたら欲ばりだから、ぽつちりしかくれないわよ。」

連中が騒ぎたてると、困つた風に笑つたぬいは、

「ぢや、あしたもつと持つてくるから待つててね」となだめた。

34 ヤ㈣「母と子」（昭9・4「文芸春秋」引用は初版）ⒶⒷⒸ
志乃の東京への出奔と、東京生活の報告と寝たきりの母への心配、やがてその死から親不孝の念を記す。八穂の原稿を久弥が校閲したものと見られ、出来るだけ原文を生かし、意味不明の部分を改めるだけの手入れと思われる。『津軽の野づら』中の「母」の一部。


志乃が夜明けに起きるやうになつたのは、山根から町へ出る人に手紙を頼みたいからであつた。山根の人は村方の人より早く出るし、連れはなし、滅多に同じ人も出て来ないから一日か二日おきに高丸へ出す手紙を、頼みよいこの人達に預けることにしてゐた。

山と町との丁度半分あたりに、村から離れて一軒立つた志乃の家は、伸び放題のアカシヤが二間の門口をあらかたふさいでゐ、荒れた四段たらずの畑から飛んできた草の実が、ちびて低くなつた茅ぶきの屋根にまで葉を生ひ茂らせてゐるので、迂闊に道を通り過ぎる人はそこに家があるとはあまり気づかない。だから志乃は道端に出て遠くから向うの人に見えるやうに立つてゐた。手紙を紙風船のやうに掌で叩きながら。

町へ買物に出る山根の人達は、大かたはもう嫁のある年頃の女だ。

「阿母さまア、迷惑だけれども、これ郵便箱さ入れて呉え。」

呼びとめられてギョッとする人もあるが用事を聞くと誰も皆、

「あいあい、宜うごす。」

と差出した手紙を内ぶところへ入れ、

「忘れねえや、町さ入つたら直ぐ出さえ。」

35 キ 「友情」（昭9・4「若草」 のち「風変わりな名前」と改題して、昭13・9「雄弁」に掲載）㈢㈣㈧

子供の名前を親は責任をもってつけるべきことをとく。

親たる者は生れた子供に軽率に名前をつけるべきではない。僕の知人加藤虎之助はその名前のために感じ易い青春時代を酷く苦しんだものである。彼の父は子供の名前などには冷淡な方で、単に寅歳に生れたといふので、そゝくさと虎之助とつけて了つたのだがその名前がどれだけ彼をひねくれさせたかは次に物語る通りである。

まだしも彼が壮健な身体だつたら、彼の名前もさほど滑稽に聞えはしなかつたらう。ところが彼は生れつき蒲柳の質で、ひどく内気な少年に生ひ立つた。中学校へ入つてから、茶話会などで自己紹介の時、彼が真赤な顔をして加藤虎之助と名乗ると、必ず無遠慮な哄笑が湧き立つたものである。

36 キヤ 「麦稈帽子」（初出未詳。昭9・5・14『雪崩』初收、引用は同書）㈠(F)

麦稈帽子の、さまざまな場面での人間とのかかわりを点綴したもので、八穂の得意とするところであるが、一節や四節の場面は素材的に久弥のものであろうし、文章に不通のところはないところから考えて合作とする。

37　キヤ　「嶽へ吹雪く」（初出未詳。『雪崩』前出初収、引用は同書）㈠(A)(E)(G)

北海道にスキーに行った夜、素肌に雪を受ける乙女――十七で自殺した吉弥観音を見る。芸者吉弥は一本になった日、網元の旦那の玩具になるのを拒否して山中に死に、旦那は芸者狂いして身代をつぶす。冒頭の吉弥観音の登場、里謡といい、八穂系のものではあるが、文章表現に不通の所はなく、文末の二行は久弥のテーマでもあるので、合作と見ておきたい。「稀ながら人も観音になる一瞬はあらう。名匠は技の鳴りを見、達人は芸の鳴りを見、若人はまたなき魂の高鳴りを見る。」

素肌に雪を受けて、浄らけく静けき処女――そらごとではない、私が見た。

北海道胆振の国のある港町。来るなら冬にと、スキーには何を棄てても夢中な私を呼んでくれた人があつて、冬の最中に出かけた。ある夜、慣れない炬燵に酔ひ気味で、寒いからと留められろのもきかず、ぶらりと外へ出た。どうせ知らない町、訊かねば帰れぬ道、勝手に歩いてやれと、途方もなく行くと、一気に殺いだかと思はれる寒の月が、見えるより向うがまだありさうな空に、少しばかりの雲を飛ばして、行手の雪も一しほ青く凍み渡つてゐる。「明日の滑降は素敵だぞ」と、見透かせる雪の峯を嬉しく眺めた折、ふとそばに私は見た。

俯向きがちな、まだ成人しきらない腕など細く、しかし丸やかな姿は露けに、眼蓋は素直に閉ぢ、口元などあどけなけれど、リンと通る直な小気味よい鼻すぢ――まさしく私は生ける乙女と見た。見とれるうち、気まぐれな天気で、白いものがチラチラとその素肌にかかり出した。冷たからうと思ふより、あらたかさに拝みたいほど、乙女は急に佛じみた、――そんな観音の像であつた。

38　ヤ(キ)　「青猪」（昭9・6「改造」）(A)(C)(E)

田島伝吉は青猪と仇名された無鉄砲・侠気が身上の二等機関士で、今は娼婦となっているスエの身受のためにカムチャッカ行の船に乗り、喧嘩、殺人の嫌疑で取調べを受けるが野間判事の好意で無罪となり、家への旅費を出してもらってスエと同居。スエは水商売と手が切れず、彼はヒモのようになるが、野間の配慮で欧州航路の客船に働く。大きな夢のために、三倍の給与で契約して沈没、行方不明。直情径行の向こう見ずな男を八方破れの生き方のままに描くが、これは久弥・八穂の望む理想の生き方の一つでもある。八穂の原稿を意味不通の所がないように、久弥が校閲したものであろう。

「青猪、どこへ行くナ。」

青猪と子供の時から呼ばれた伝吉。行合う村人の挨拶に頭も下げず笑もしないが、和かな眼つきで見て過ぎる。

「毎日のつそり暮してゐやがる。船乗の免状をとる勉強してるんだつてさ。」

忙しい仕事に較べて、その暢気さをいまいましがる人はあつても、誰も心から伝吉を嫌ひな者は居ない。

「あいつは本当に魂を海へ打ちこんだんだ。」

さう見えるほど伝吉はずつと船で暮してきた。火夫から仕込んだ経歴は学問より役に立ち、二等機関士までの資格を取つたが、

「もう一奮発、上になりたい。」

と、直ぐにあるその試験を受けるため、陸へ勉強に帰つてゐたのだ。

「やつと字が読める位しか学校へは行つてゐないんだ。」

39　ヤ㈭　「事件」（昭9・7「文学界」）Ⓐ Ⓒ

十一歳の子供をあやまって殺してしまった農村の母親の悲劇を通して、「嫁と姑」「年中出稼ぎで留守の亭主」「祖母っ子」等々の問題が提出されているが、核心をなすのは、嫁の沢が赤子の死を心中に秘め、喜怒哀楽を凍結して十一年間過ごしてきたが、大八の甘えによって初めて内部の感情を解放できた喜びであったと思われる。文章は八穂のスタイルで、八穂の原稿に久弥の校閲が入ったものと見るべきであろう。文意不通というのではないが、母が子をだきすくめて誤って窒息死させるに至る部分には、はっきり言ってのみこめない部分があるが、これは、単なる字句の修正では収まりきれない部分と見るべきであろう。

「子供が飴玉持つて……」

肩息で駐在所へ注進にきた百姓は血の気もない。

「どうしたんだ。」

巡査がいかつく訊くと、

「死んでるんです。」

指差す指がガクガク震えてゐる。

「どこだ。」

百姓は尻ごみして又乗出して、

「俺の田圃で……」

午前三時に始まる田打ち時の忙しさに、人だかりよりに先にその子の母親が知らされて血相かへてかけつけた。

40　ヤ㈹「素晴しい女」（昭9・7・15「週刊朝日」）㈠Ⓒ㊭
高原の避暑地でミズラに結った少年に出会い、ひかれて交際。イトコと称する二十すぎた女がお茶や食事の世話をしてくれる。やがて友人から、あの少年はポンビキで、女はスゴウデの内侍だと言われるが依然としてつきあう。とうとう女から白状して降参――本気になってしまってはダメなのに、だからこれっきり。時流批判がある。八穂稿、久弥校閲。

41　ヤ㈹「真夏は南で」（昭9・7・29「大阪朝日新聞」）㈠Ⓒ㊭
紀三がふと街で見染めたお嬢さんを鎌倉まで追いかけてゆき、夏中早朝デートを楽しんだのち、浅草でバッタリ出会ってゴールイン。八穂の稿に、久弥の校閲が入ったもの。

42　キ「一家系」（昭9・9「文芸」）㈤㈥㈧

町一番の旅館が人間関係の複雑さと、放蕩で傾いたのを、芸者上りのたきが立ち直らせる。自然主義的素材だが、その中から才覚――自らの意思と判断と努力で生活を切りひらいてゆく人間が久弥の理想像だが、それをはっきり出したもの。

43　キ「通信」（昭9・11「行動」）㈠㈣㈦

小説家二人の往復書簡の体裁で、時流批判。久弥のもの。

　舌が苦いから胃が悪いのだらう。熱があつて気だるい。君がよく寝ても寝てもまだ眠いと眠つてばかりゐたには、君のいふ怠け性だけではなく、あんなに丈夫さうに見えても（丈夫だからあんなに眠いのかも知れぬと思ふほど）胃に何か判らない障りがあるのではないかしら。

　二三日絶食して早く熱を引かせ、季節の移り変りを見て歩きたいと思つてゐる。このあたりには曼珠沙華が矢鱈に咲いてゐる。この花の咲く頃に病気が起らなければ丈夫な身体ですと、この間自動車屋の親爺のいつた言葉を思ひ出し、昨日から食物がちつともうまくなくなつたのに味気ない思をしてゐる。涼しくなつてこちらも遊覧客がふえてきた。窓の鉄格子の一本欠けた隙から顔を出して、表を行く遊覧客を見てゐると、何だかみんな廻り燈籠の切抜人形のやうにみえる。これも胃の悪いヒガミかも知れぬ。

44　キ「子はたから」（昭9・11「婦人倶楽部」引用は初版）㈠㈣

若いサラリーマン夫婦に双生児が生まれ、子のない課長が一人ほしいと申出て育てるうち、夫人に子が出来て帰されるが、多額のお宝つきというユーモア小説。

人はまだ逢はないことに希望を持つ。西洋では「捕へられぬ青い鳥」といひ、支那では「見ぬ大鵬」といふ。まだ毬栗頭の十一二の頃、読本で白雀の話を習つた。してみると、希望といふものは鳥の形をしてゐるものなのか。

「お前が大きくなつたら。大学を出たら。」

と、親は我が子に希望を持つ。その大学を出た我が子から希望の鳥は抜けて飛立つてしまつたか、やつとありついた職も親を養ふに足りるどころか、母が、

「一体、お月給はいくら。こんな事どうでもいいけど――」

一番どうでもよくない問題を訊くと、

「あんまりチヨツピリで済まない位なんだ。」

45
ヤ　「東組」（昭10・1　「若草」）ⒶⒸⒺⒻ
女学校卒後十年経つた少女達の身上。
百五十人の入学少女は、東、西、南、と三つの組に分けられた。
謙遜で小心翼々とした初年生だつたのが、やがて二年生頃には我が校の中堅となり、各組に夫々個性が現はれ出した。
東組は、日出るところ、
西組は、浄き地、
南組は、君知るや、

と各々自分の組に得意の愛称をかぶせ、又他組を呼ぶときには、その愛称の裏を冢どつて、
東組を、お先ばしり、
西組を、ナムアミダ、
南組を、おセンチ、
と卑称した。

46

ヤキ「淫婦マリア」（昭10・1「新潮」）㈡㈦㈧Ⓔ

天性の娼婦マリアがキリストによって初めて新生にめざめる。内部に巣食う嘲靡をあぶり出す。

物心ついてみれば、わが身は既に淫婦であつた。他の子供たちは人形が相手なのに、自分は代り代つた大人の男と、ままごとをしてゐるやうなものであつた。「かあいいあやなし女」と蔑すみ眼が身に沁みたところで、今更何としよう。どうしやうもないからそのままで、心細さを図太く構へて、十五になつた。

十五になると、特別なものにされてゐるなら、気前のいい特別なものになつてやらう、と意地が出てきた。乙女のいさぎよさであつた。

からだはともあれ、心は年並みだ。「年なぞは飛びこしちやへ」と幼なく気張つた。十七の乙女の派手な好みであつた。

47

ヤ「ドドムキの地面」（昭10・1「文学界」）ⒶⒷⒸⒺ

湘南地方の農家の栄枯盛衰記。

昔、こゝに永福寺といふ古い堂があつて、それと道を差挟んで南坊庵といふ堂があつた。その南方庵の跡は、堂と堂と向きあつてゐた場所といふので、堂堂向きの家と呼ばれてゐたが、段々訛つて今ではただドドムキの家と呼び慣されてゐる。

この家は代々女勝りで、男は息をついてゐるのかどうか疑はしい位意気地のないのばかりが出る。いつ頃こゝへ移つて来たのか知らないが、先々代の女主人といふのが豪の者で、夫に死別してから女の乳呑児を抱へ、専心刻苦、あちらの山を貸した金の代りに取り、こちらの畑を取れない米代のかたに取るといつた風で、うんと身上をふやした。

48　キ　「平家再興」（昭10・1「オール読物」引用は初版）㈣㈦㈧

慾な、といふには慾つぱづれがしてゐる瀬川氏の蒐集癖は、親類一統の罪のない笑ひ種でもあり、ときには思ひがけない迷惑でもあつた。

マッチのペエパアを集めたり、外国の切手を集めたりするのは、誰でも一度はやつてみる普通のことだが、瀬川氏の蒐集物は一風変わつてゐた。謂れさへある物なら何でも集めてみたいのである。

49　ヤ　「茜」（昭10・3「文芸」のち『津軽の野づら』の「母」に改稿の上入る）Ⓐ Ⓒ Ⓖ ㋺

志乃もので、母の死後四年経っても消えぬ親不孝の思い。「母」は久弥の校閲が入っていようが、これは八穂の稿のままと思われる。

四年目の忌日を送つた今でも、亡くなつた母は志乃が眠ればいつもそばに居る。

菊人形や絵本売りや、レヴュウなども見える賑やかな通りを、志乃は母を背負つてゆく。誰もこつちを見ないので、手足の利かない母が安心して負はれてゐるのが嬉しく、

「母さん、それ、あれがレビュウ、これがコリント・ゲーム、かうするのよ。」

と、いぢつてみせたりして、どんどん駆け回る。

「ここが仲店、だからあれが観音さまの大提灯。」

50　キ　「小旅行」（昭10・7「新潮」）㈠㈡㈣㈦㈧

法科の一年に在籍しながら、挫折を知らぬ村井勇助は一流の出版社民衆社にも一番で入社、記者をしながらの作家たちの鼻もちならぬ尊大さに我慢ならず退社するまでを描く。自身の改造社体験の反映があろう。

51　ヤ　「木の芽時」（昭10・8「改造」）ⒸⒻⒼ(ロ)

在米の従兄の妻おみねの帰朝と精神変調による看病のてんまつ。

胎内くゞりの洞穴を漸くこゞんで潜り抜けたやうだつた。青海原だ。魚監観音が波の間に間に散華し給ふ。散つた花弁に鱗が生えて魚になり広々と四方へおよいでゆく。自分は昆布の上に座り、目の前に漂ふ糸くらげをみてゐる。慈悲からもれた片輪もの。茎をつけて蘭にしてやらうか。水の中といふものは響がなくてつんぼのやうだ。声のよいものは小鳥になつて海から舞上つて空へ行つたのだらう。残つた魚共は鰭まね尾まね、笑ふ時には鰓を開き、怒れば鱗が立つか。言葉代わりのしなたつぷりなおどり子たち。

52　ヤ　「をさなき昔」（昭10・9以前　引用は初版）ⒸⒺⒻⒼ㈺㈧
直美（31）の上京して結婚、子供なし――過去と現在を往復
卯の花の匂う垣根に……
ハッとして口をつぐんだ。思はずそんな古い歌をうたつてうつとりしてゐる自分に驚いたのだ。
生まれた子の名前を付けて欲しいと頼まれて、字引を繰つてゐた直実だつた。パッと開けたところから「素」といふ字を拾ひ、これはい、な、この下に附く似つかはしい字がないかと、今度は丁寧にアの部から探してゆくうち、いつの間にか繰る字の意味に興味が出てきて仲々渉取らない。おやおや、これはいけないと漸く辿りついたウの部で「卯の花」といふ字を見つけ、その註を読んでゐた拍子に、女学校二年で習つたこの歌になつてしまつたのだ。

53　キ　「村の夜ばなし」（昭10・12「文芸」）㈣㈦
村の冬の楽しみである炉辺談話の紹介。

一人よりは二人、二人よりは三人、戸外を凍らす劇しい冬に抗ふべく、温み火のまはりはなるべく人数で固める。隣の吉も、すぢ向ふの与作も、藁を抱へて寄つてくる。縄、藁草履、筵などを作る。あかり取りの油障子には、倒さま書きのアブラウンケンソアカの呪ひ言。

「寒みいも三十日」その三十日の暦を早くはぐつてしまひたいのは、人生五十を越した手合で、朋輩誰某の家には妹があり出戻りも居て、蕎麦練りも出れば芋汁も煮え、「あれ、あ

いつばかりは杓子加減も違ふぞえ」

とはやされた碗を貰つて、熱いところを鼻みづと一緒に啜りあげながら、湯気の向ふの女の気ぶりを探れもする若き血に燃ゆる年頃は、囲炉裏ばたはこの世の極楽、唄もそゞろに出ずには居ない。

54

ヤ「手力男」（昭11・2「令女界」）ⒸⒺⒼ

天の岩屋戸の事件に取材しての活躍を描く。

為ねばならぬ差迫つた仕事は重なつてゐるのだが、それを思つただけで、もう手力男は身体がひだるくて眠い。せめて手筈でも考へよう、と腰をおちつけるのだが、考へるどころかそのまゝトロリトロリと眠つてしまふ。身体が丈夫過ぎるからだよ、とよく言はれるが、さうかも知れない。筋骨が逞しいので、そちらの方へすつかり良い血が吸ひとられ、養分の薄くなつた頭の方から眠くなつてくるのかも知れない。

55

ヤ「十六まで」（昭11・2「月刊文章」引用は初出の末尾）ⒶⒺⒻ

誕生から十六歳までの断片的記憶。

十六。鼻をしかめたいやうな、あまり好きでない年だつた。修身の答案を書くのが何より樂で面白かつた。論文風になるべく勝手な熱をふくと、いつも点がよかつた。

展覧会があつて、綺麗な生徒を択んで売場へ出すのにカヅは洩れた。それで裁縫の教師が嫌になつた。出来ない大人しい美しい子が六人出た。

家は二度製材工場から火を出し立ち行かない中をやりくつてゐた。家へ帰つても晴々しないので、放課後随意課目の花道に熱心になり、坊主頭の宗匠からよく賞められた。ダイアモンドといふ経済雑誌を分らずながら読み、級の人の読むものより難しいぞといばつてゐた。

舟乗りの叔父が天洋丸からアルゼンチン丸に乗換へて、ノルウェーに向ふ途中、ドイツの潜航艇にやられてそのまま行衛不明になつた。遺族扶助料五千円にからんで、親戚中にゴタゴタが起きた。カヅはこの叔父は独乙の炭坑に働かされてゐると永い間信じてゐた。

バケツはなぜ水だけ入れても腐るか、その化学的証明の学期末の試験に、出来たのはカヅともう一人だけで、益々理学にすすむ決心を固くした。

56

ヤキ　「十七歳」（昭11・2「文芸春秋」）㈡㈤㈦ⒶⒷⒸ

霊肉相克期の十七歳を描く。

風邪の熱が時たつて静まるやうに、早く時がたてたて、俺がこのまま変なものになつちまつて、佐助みたいな奴が大人になり次第悪い常識を豊富にして世渡りしては堪らない。学生と離れて了つたからには、もう天にも地にもたよるものは自分一人だ。たよりの自分がこんな事でどうする。あの女だつて、自分にあつた事は自分で背負へ。どう片づけようとうまく処分した方が勝だ。若し耳に口をつけて教へてやるなら、「黙つてゐろ、早く忘れろ」だ。俺の分は俺がする。しでかした事はどんなことも無益ではない、それを役立てるんだ。いろんな目を見るには生きてゐなくてはならぬ。命が大事だとこの時ほど思つたことはなかつた。

樹々の間で自分は人間だと十七の気概をあげ、それを又なだめて、萌えかけた野ビルの青とも白とも分けかねる赤ぐんだ根をみつめた。

57

ヤ 「独りごと」(昭11・3「新潮」) (E)(F)

貧家に身を起した川村さく女伝。

きうりのたね、ささげのたね等、種物が袋にはいつてゐるのを持ちあげたら、下から古い切手がゴタゴタと出てきた。舟乗りの叔父から父あての手紙に貼られてきた外国の切手を、父が茶碗の湯に浮かして剥がし、窓硝子に貼りつけて乾かしたのを、どこへしまつたのかしらと思つてゐたら、こんな所にあつたんだ。見つけた嬉しさにつまみ出して、片方の眼をつぶつてその上に貼ってみた。面白くなつて鼻だの口だの耳にも貼つて母を驚かせてやらうと走つてゆくと、母は顔色を変へて、「早く戻して来い、大変だぞ」と、とんでもない声を出した。びつくりして元のところへ投げるやうに戻して来ると「お父さんの大事にしてゐる品だ、いぢつたのが分ればただで済まないぞ」と又叱るやうに言つた。

58

ヤ 「おもかげ」(昭11・4「文学界」) (C)(F)(ロ)(ハ)

馬を洗はうとして、いつも下男がする通り先づ石を大川に放り投げた。栗毛の馬と日焼けで丈夫さうな下男の裸体が並んで水に這入つて行くさまを、見事だといつも眺めてゐたが、さて紀枝自身その通りしてみると、馬が恐ろしいけだものらしく見えてき、気でそれを抑へてゐたが、くつわを握る掌に脂が湧いた。

道から川端へ降る雑木の下道の方を、誰も来る筈はないのに振返つて見、川向ふの林にはだかをうつむけて、川へ這入るといきなり、ドブンと水の中へ潜つてしまつた。息を飲むほどキリリと冷めたく、思はず立上ると、濡れた肌が光つたとみえて、馬が竿立ちにいななき、そのしぶきの中で紀枝は又眼まぐるつた。

59　キ　「不穏計画」（昭11・4「改造」）㈡㈥㈦

鎌倉の小学生三人が町の放火計画を立てるが失敗する話。

算術の時間だつた。皆は拡げた紙の上に鉛筆をおいて、教壇を見守つた。

「こんなグラウンドがありました。」と先生は円を書いてその差し渡しを三十米とした。

「そこへこんな雨天体操場が建つことになりました。」

円の直径を底辺にして高さが半径の矩形を、その円に重ねて書加へて、

「この建物がグラウンドから食み出した分を地盛りしなければなりませんが、それはどの位でせう。」

皆は鉛筆を取つて自分の紙の上で考へ始めた。文廻しや定規をおく音が静かな教室の中に起つた。

60　キ　「大火の後」（昭11・7「文芸」）㈠㈣㈧

小都市の火災をめぐっての人間喜劇。

「当市の本分と致しますところは、ミミジュと同じであります。つまり飲んでは出し飲ん

では出し致しまする港なのであるです。」

カラカラに干た木羽葺屋根の上で、五六人の子供が剣戟の一休みを演舌の真似だ。この文句は、市会議員である高八といふ湯屋の親父が述べた得意演舌で、いま町の流行となつてゐる。ミミジュと云つたのが流行のもとで、そこを云ふ時には特別のアクセントをつけ、最後に、高八が自慢のヒゲを引つぱる癖もつけ加へることを忘れない。

61
キ　「初夏の若妻」（昭11・7「オール読物」引用は初版）㈠㈣㈧
姉妹の家庭生活を対照的、戯画的に描く。


　文殊の智慧の三人より一人多い、と云つても二組の夫婦だから、関の五本松流に云へば、あとは切られぬめうと松だ。

　若妻達は姉妹だ。妹夫婦は明治神宮近くのアパート住ひ。姉夫婦は矢張りその近くの二階建の借家ぐらし。蟹はその甲羅に似せて穴を掘るとか、将来の新家庭を語り合つた時、妹の理想は、

「ポーチの脇には椰子を植ゑるの。応接間に続いてヴェランダがあつて、そこは踊れるくらゐ広いのよ。ピアノが欲しいわ。でも、生活は一切無駄抜き、電気ボタンで合理化したいわ。」

「まあ、それぢや下剤と下りどめをチャンポンに飲んで、お肚ぐあひを良くしようつてみたいなものね。」

62　キ　「ある世帯」（昭11・8「文学界」）㈠㈣㈦
故郷でボロイ大金を手にした利平はそこを逃れ、お辰（銘酒屋の女）と一緒になり、これが才覚があって銘酒屋を始めると金を何倍にもし、家を湘南に建て、家作も二戸作り、養女の婿には貧しい医専生をと物色。

橋の際の空地に普請が始まつた。地盛がされ、大工小屋が建ち、材木が運び込まれた。地盛されるまでそこは畑であつたか、子供の遊び場所だつたか、どうだつたか思ひ出せないほど記憶にもはつきり残らぬ空地だつたが、棟上の日になつてみると、こゝは眺めも良し、バスの通る往来にも面してるし、あたりも静かだし、どうしてこんな好い場所が今まで放つてあつたかと見直された。

半年ほど前、こゝの新築のあるじ利平が女房のお辰を連れて、この町へ土地を探しにやつてきた。秋の取入れが済んで正月前に息子の嫁を探して歩く村の衆みたいに、夫婦は駅で買つた寿司を風呂敷包にして、誰一人知つた人のない町だからと二人は手を取つたりして歩いた。だがこの町は有名な避暑兼遊覧地で、一生に一度夫婦づれ或は情婦づれで次から次から出来るだけ安い旅を続けてくる者も少くないので二人はさうして歩いても人眼を引かなかつた。
63　キ　「花嫁準備」（昭11・8「婦人倶楽部」）㈣㈧
十八の和子と二十の女中カヨの花嫁候補生に夫がきまるまで

64　キ　「利用小母さん」（昭11・9「オール読物」）㈠㈣㈧
何でも利用する、ころんでもただでは起きないオバさんの話。

65　キ　「強者連盟」（昭11・10「文芸」　のち『知と愛』の一〜三章）㈠㈣㈦㈧㈨
八時になると狭間梅雄はいつもの通り寄宿舎を出た。冬が近づいて夜風がつめたく肌に沁みた。何か身の引きしまるやうなこの頃の夜の空気が彼は好きだつた。

校門を出て、大学と高等学校との間の、暗い淋しいアスファルトの道を一二丁行つた所で、真直ぐ池の端へ出る道と、左へ根津へ降る道とが岐れる。その左を取つて、ダラダラの下り坂を降りると明るい根津の電車通りに出る。その往来を横切つて、道は又幾らか上り気味になり、暗い上野の森に通じてゐる。

ある奇妙な掟によつて、梅雄は毎晩この道筋を通るので、あたりの様子はすつかり心得てゐた。道が上野にかゝつて、こんもりした高い樹木や、森閑と門がしまつて軒燈の侘しげな大きな屋敷の並んでゐるあたりまで来ると、彼の心まで静まる気持がした。毎晩往復する道筋のうちこのへんが一番彼の気に入つてゐた。

66　キ　「強者連盟」（昭11・11「文学界」　同前の続き）㈠㈣㈧
亮子は裏通りの屋敷町を歩きながら、どういふわけか、葛西の許へ行きつくまでに、何か一つ期する所を出来上らさねばならない、とさう思つてゐた。普段、あれはどうした事だらう、これは又、と問題だけは沢山持ち出してあるのだが、どれ一つはつきりした答を決めず、どれも皆やりかけの編物のやうに中途半端でうつちやらかしてあるのが、亮子の考への中に山盛りになつてゐた。そのうちの一つでも片づけようとする事さへ稀で、問題はふえる一方だつた。

（わたしは問題を解く性ぢやなくて、作る方なんだわ。）

葛西の家には、絵かきくづれや商売女や、色々な苦労を潜つてきた人たちが集るさうだ。そんな中へはいつてもたぢろがないだけの覚悟を持たなきや、と亮子は気を引緊めた。

バスに乗らうとして、ふと「アツ今日は友達が集る日だつた」と思ひついた。そして急に行く気になつた。

67

ヤ　「一夜」（昭11・12「新潮」　のち『津軽の野づら』の「はぎ葉」となる）ⒶⒷⒸ㋺

田鶴子が幾年ぶりで故郷の家へ帰ると、「田毎のおかみさんが、まだお帰りでないですか、つて毎晩聞きに寄越してゐさアね」と迎へられた。

田毎といふのは芸者町に古くからある料亭で、そこの娘は田鶴子と女学校同級だつたが、さう親しいわけでもなかつた。

「あのおかみさんも嫁づいた先のご亭主に四人も子供を残されて死に別れたあげく、今度は実家のお母さんが死んだので、実家へ戻つていまでは田毎をあのひと一人でもつてゆくやうだ」

さう聞かされて、顔かたちからおつとりしたやうなあの人が、と田鶴子はぼんやり過ごしてゐる自分の日常にくらべた。

68　キ「恋の骨折損?・」（昭11・12「オール読物」）㈠㈣

69　キ「強者連盟」（昭12・1「文学界」のち『知と愛』の第五章の三、四）㈠㈥㈨

70　キ「令夫人達のクラス会」（昭12・1「新潮」のち「夫人達のクラス会」と改題）㈠㈣㈦㈧

「南さんこそ官邸へでも入る令夫人になると疑はなかつたのに。」

樺太で雑貨屋のお主婦さんになるまでに、色々飛んでもない経路を辿つた元の姓を南といふ、将校の令嬢で、クラスでは何の選挙にも最高点を得た人の噂だ。

級長とか選手とか人気者とかが抜けた残りの人々を、自他共に拍手組と云つてゐた。催し事や色んな会、その他何かにつけ、人気者の成功やしくじりに拍手する側だ。並んでゐる今日の出席はあらかた嘗ての拍手組である。まづ世間なみの幸不幸で今の身分にまでやつてきた人たちだ。それに引きかへ昔のクラスの英雄たちはどうなつたことやら。一番人生の波瀾につきあたり、うまく乗切つた者はこの上ない出世をしてゐるが、踏み外して不幸の底に落ちた人も少なくない。

71　キ「アルキメデスの日」（昭12・1「現代」）㈠㈣㈦

バアで知合った士官と勤人が結婚するまで。

72　キ「G・S・L倶楽部」（昭12・1「3・3・3」）㈣㈧㈨

だべる、登る、滑るのラテン語の頭文字からとったクラブ名。山の娘桂と会員のペップとの純愛物語。
会員資格第一条教養ある紳士たること、第二条徹夜して駄弁つても話題に尽きざること、第三条第四条なく、第五条山とスキーに堪能なること、といふのがG・S・L倶楽部の戯れの掟であつた。

73　キ「結婚披露式」（昭12・1・5「大阪朝日新聞」引用は初版）㈠㈣㈧㈨

友人の側から結婚式風景を戯画化。

若い者といへば、新郎新婦の学校友達の一団があるばかりだ。新郎の友人達は社会的名士なぞに圧倒されまいとわざとらしい高い声をあげて、場内の支配的空気を撥ね返さうとしてゐた。それは大人達に向つて「今夜は新郎の宴ですよ。新郎のことを一番よく知つてゐるのは我々ですよ。それに今後は何といつても我々のつき合ひですからね」とでい《ママ》つてゐる風であつた。

74　キ「挿絵」（昭12・4「文学界」のち『知と愛』に入る）㈠㈣

75　キ「里芋日曜」（昭12・5「オール読物」）㈠㈣㈨

日曜日に散歩に出て、知合いの農家から里芋をもらったところから起こる喜劇。

76　キヤ「鎌倉夫人」（昭12・6・17〜8・11「東京朝日新聞」）㈠㈣㈧Ⓒ

三角関係がはっきりしそうで不発に終わり、中途半端な失敗作。

待ちわびた今日の入学式だ。

校門に晴々と翻つてゐる日の丸の旗を見ただけで、何か我等の一大事といふ興奮に馳られるのは、満六歳を越えた新入生ばかりではない。付添ひのお母さんたちもだ。町に四つある小学校の中で、特にこの学校の児童の家庭は、裕福なのが揃つてゐた。
「お宅の坊ちゃんは？」
「付属へ行つてますの。」

77　キ　「女優試験・希望七人組」（昭12・9「オール読物」　のち「希望の七人《ラッキー・セブン》」と改題）㈠㈣

78　キ　「東の町」（昭12・11「文学界」）㈠㈦

港町の乞食部落の捨子（赤ん坊）に興味をそそられた中学生が足繁く通い出す。

どこの町もどうして東の端へ行くほど貧しいのであらう。この町も主要な建物はあらかた西寄りになり東端に目立つものと云へば、師範と中学校だけだ。その近くに練兵場もあつたのだが、細かな家が東へ東へ伸びるに従ひ、山の方へ引越してしまつた。射撃の練習に差障りが出来てきたからだ。

この町の一番端に、木賃宿が六軒あり、その裏側に居ついた乞食の一群が、部落を作つて住むやうになつてから、もうかなり古い。其の辺一帯は、谷地で、たゞ見たところでは草原だが、歩けば水がジクジクする土地だから、その頃はまだ誰のものでもなかつた。土台、濱が自然に埋つて出来たやうな土地なのだ。

79　キヤ　「姪二人」（昭13・1「新潮」）㈠(C)

冬休みに南と北から二人の姪が叔父の私を訪ねてきての数日間。

南と北からそれぞれ二人の姪が冬休みに初旅をしてきた。瀬戸内海の沿岸に住む十七の方は、湘南の気候に大して関心もなかつたが、東北の奥の吹雪の中からきた十六の子は、何につけ冬でないみたいだといふ。

十七の龍子は子供の時からずつと都会暮しで、片親の悲しい境涯だが、その不憫の分を裕福に育ち、賢い機智があり又一人つ子らしい陽気な性質があつた。桃代は二人の弟の姉で、村から半道もある学校に通ひ、不自由勝ちながら暖かい両親の許で一六になつた。

80　キヤ　「瑪瑙石」（昭13・3「改造」のち『知と愛』に改稿して四章七節〜十節に入る）ⒶⒸⒺ㈺

耕子のどん底の半生とそれからの脱出を亮子に話す形式。

81　キ　「豚を尋ねて」（昭13・4「現代」）㈠㈣㈨

祖父の豚の病気の問合せにふりまわされ、骨折損のくたびれもうけになる話。

82　ヤ　「夏休み」（昭13・7「改造」のち『知と愛』に入る）ⒶⒸⒺ㈺㈡

亮子の友人の誘いに乗っての代用教員の体験。

83　キ　「出世写真」（昭13・7「オール読物」　引用は初版）㈣㈧

トキワ屋の御用聞きをしている末公がひょんなことから失恋し、写真屋をめざす話。

ジリリジリリン……

店の電話が鳴ると、腰かけて並んで御飯を掻きこんでゐた小僧たちは、一せいに眉を緊張させ、ピンと耳を立てた。

「はい、トキワ屋でございます。毎度どうも、……は、坂の上の竹岡様で……」

その区域でない御用聞きの小僧たちはホツとして、いと軽く又箸を動かし始める。ペロリと舌を半出しにしたまゝ、目玉まで寄せてゐるのは、坂の上の受持の末どんだ。炭とか醤油とか、大急ぎでビール二打、などとくると、あの遠い坂道は汗だくなのだ。

「はアはアタワシに味の素、それからカラシにマヨネーズにマッチ、大至急で、……はアかしこまりました。」

「しめッ！」

軽いものばかりだ。

84　ヤ　「盗み聞き」（昭13・8「新潮」のち『知と愛』に入る）(C)(E)(ロ)(ニ)
姉と友人の内緒話を隣室で聞く亮子。

85　キ　「ウソから出たまこと」（昭13・9「週刊朝日」引用は初版　初出原題は「嘘から出た誠」）(一)(四)
ウソをついたことから起る彫刻家と大学生の二人の若者の騒動が石屋の親方の機転で無事におさまる話。

功して報いようと村を出てきた源さんだ。村へは彫刻家になつてゐると錦を着せた手紙を送つてあるのだが、彫刻には嘘はないがおしんこの彫刻である。

今日はしんこ細工の桃太郎に向つて、人生の苦患はラツキヨウの如し、などといつてゐるが、いつもの源さんは、曇つても雨が降つても、自分はますます晴れてゐるお天気よしの人物なのだ。

86　キ　「五人と一匹」（初出未詳　昭13・11・20以前）㈠㈣
飼犬をめぐる一騒動。

87　ヤ　「贋修道院」（昭14・3・14〜5・28「北海タイムズ夕刊」連載、引用は初収単行本による）Ⓐ Ⓒ㈣㈥
むつみ（21）、沢谷（34）、孝子（17）の三人が函館にトラピスト入所をことわられた女性を引受ける施設「蘇りの家」を作るが、入ってくる女達は不良・不運・貧困な女達ばかりにとまどうが、方針を変えて立ち上げてゆくまでを描く。

雪。アカシア。鈴蘭。北海道は白の薫る地。

南の港函館の郊外、湯の川から程遠からぬ所に、エゾ材ずくめの家が一軒建ちか、ってゐる。

遠望の横津岳から袴腰に続く峰は、まだ豊かに雪を置いてゐるが、海に近いこのあたりでは、雪解けの隙間から、もう春を急ぐ若草が萌え出てゐる。木立を透かして彼方の丘には、女子トラピストの尖塔が見える。

明るく晴れた空へ、カンカン音を響かせながら、新築の家は工事が進められてゐる。

柱に手をかけた仕事師が、

「東京生れの女が三人住むにしちゃ、お粗末だなあ」

「女にも種類があらアな」

梁の上から答へた大工は、口に釘を含んでゐる。

「一体この建方は、住居にしちや滅法変つてるよ」

88
ヤ「翼ある花」（昭14・4〜6「婦人朝日」引用は初版）Ⓒ Ⓔ Ⓕ ㈺ ㈫

リカとテル子親子の数奇な生涯。

食べることは楽しい。

大百貨店の食堂。磨きの届いた卓の上に上半身を映してゐる客の顔は、どれを見ても大した渋つ面はない。

だから給仕のテル子は伏目に物を運びながら嬉しい。

「ありがたうございました。」

見送つて卓を拭く時、お汁がこぼれてゐても、お料理の端が散らばつてゐても、これは小鳥のやうに囀りながら食べたお客様の、あのお声のしたゝりだと思へばいゝ。

89
ヤ「常とならん」（昭14・6「改造」のち「道筋」と改題）Ⓐ Ⓔ ㈹ ㈺

ヒサの波乱の半生。

おもしろい女になつたといふ評判は、シゲには一つの資産であつた。生きてゐることが面白くなつてくると、人もおもしろい女だと云ふらしい。

あまり繁華でない町には、をかしな地面がある。誰の所有でもない、猫の額くらゐの土地だ。ドブが埋つたとか、川の中へ出張つたとか、そんなジクジクした地面へ、構はず小屋ほどの住居をたてる。その家に住むおやぢはきつとニヤリとした狡るさうな怠け者だ。あんな事をしていまに咎めが来るだらう、と近所の勤勉な稼ぎ人の憎しみを裏切つて、無事にこんな家は、湿け地のキノコのやうに、少しづつ庇をひろげる。

90　ヤ「輝く舞扇」（昭14・6「現代」　初出原題は「舞扇」　引用は初版）(A)(C)(E)

妹のヤケドの治療費のため小五で芸者家に入った稲子は先生からの講義録、女中のはげましで専検をパス、踊りも名取りとなり、先生になるつもりが、女将が倒れたことで自分だけが助かる道を捨て、身を売らずに芸者で立ち、県の総務部長の推薦でアメリカの日本観光館に派遣されることになる。

　雪原の果てに続く山並が紺青に明けて行く頃、ロシヤの童のやうに襟巻きで頭を包んだ稲子は、山麓の村から半道の小学校まで、早く行き着かうと歩いてゐた。

　稲子の父は冬の間だけ小使に雇はれてゐた。雪掻きやストーヴの世話や、上級生の掃除当番の手にあまる仕事が、冬の間学校に溜まるので、秋が暮れて農作物の始末がつくと、近年決まつて稲子の父は小学校に雇はれることになつてゐた。その父に、稲子は毎朝炊きたての朝飯を持つて行くのだ。

　稲子の家は豊かでない百姓だつた。まだ稲子が六つ七つの頃までは、父は正月が済むと、

「春になつたら、鰊のみやげをたんと持つて帰るど。」

と云ひ残して、北海道や樺太の漁場へ稼ぎに行つたものだつた。

91 ヤ 「上流家庭」（昭14・8「文芸春秋」 のち「貞の奉公」に入る。引用は初出の末尾）(A)(C)(E)(ロ)(ホ)

人買いの手から駅で保護されて施設に入り、のち女中奉公に出た貞の心意気。

　家の赤ん坊も今頃寝てゐるだらうな、と久しぶりで故郷の事を思ひ出した。なぜ今まで忘れてゐたのだらうかと不思議な位だ。おつ母が寝かしといて出てしまはなければいいがと案じた。何と今日は長い一日だつたらう。朝のことが十日も前のやうだ。女中奉公の第一歩だが、何だか見当がつかず、怖いやうでしかも血が勇んだ。小学校の時家の都合で絶えず学校を休ませられながら、それでゐて同輩を抜いて行つたあの負け嫌ひの性質が、こゝで又精一ぱい腕を振ふ場所を見つけたやうな気がした。明日から行逢ふ色々なことを、峠に立つて豊穣な平野を見下ろしたやうな興奮で待つた。

92 ヤ 「山の家」（昭14・10「週刊朝日」 引用は初版）(A)(C)(ロ)

「山の家」（社長と社員が拠金して作った山の家）を知らない村人たちの当推量の滑稽さの前半と、村の青年と社員の娘とが発明のよき協力者として結ばれるという話。

　郭公が囀つて、普請の音が響いて、山の森は一層緑が濃くなりさうだ。木の葉も、つい音の調子に乗せられて、身をゆすつてゐさうだ。

　忽ちにして建ち上つたその家は、大して間数もなささうだが、何となし普通の住ひではなく、山下の道を通る村の人も、

「どつかのお大尽の、お道楽だらう。」
つまり、別邸だらう、と噂された。
土地は借り物だか、最初は建坪とそのぐるりぐらゐは買つてもい丶意向だつたらしい。そのほかに、山の下から上までの道を、ゆるやかに上るために斜違につけたいから、その分だけ加へてほしい、と地主に申し込んだ。

93
キ「かの女の手帳」（昭14・10「婦人公論」『続知と愛』に収録、引用は初版）㈠㈣

当世風俗時評。
月　日
それを思ひついた時、校長はあの長さ四寸に亙る額を振つたに違ひない。得意の場合、きつとあの福録寿頭が振動する習ひだ。級友の常子さんは、人の二倍は面積の或る校長の額は、校長が常日頃使用する「神はこの世に不必要な物は創られぬ」といふ説からすれば、どういふ必要があるのだらうかといふ問題を、或る日、提出した。これにはクラス全体、常ならそんな事に無関心な人まで、異常な熱意を以て討議した。甲論乙駁の後、「全校の生徒が我等の校長を見誤らぬため」といふのが一等賞であつた。とかく一等当選といふものは、あとの多数が七むつかしく頭をひねつてゐるうちに、ごく平凡な尤もな思ひつきで栄冠をさらつてしまふものだ。

94
ヤ「訝する歌」（昭14・11「現代」引用は初版）ⒶⒸⒺ㋺

巧の半生の変転にくじけない向日性と妹分のユキの出世。講義録で専検パスをめざすユキ。

爽やかに晴れた真夏の矢筈山を見はるかす渓流に糸を垂れた巧は、その秀でた額の汗をぬぐひながら、

（約束なんだから釣れておくれ。）

といつもに似ず焦り気味だつた。

長者と云はれる角升の年期奉公人である巧は、今日は二十八日様で夕仕事を三時で切上げると、釣竿をかついでこゝへ走つて来たのだ。それは小学校へ通つてゐる間ぢう世話になつた叔母が、近頃鳥眼になつて、鳥眼には岩魚を食べさせるに限ると聞いたからだ。

山人と呼ばれる杣を父に持ち、母を知らぬ巧にとつて、里の叔母はかけがへのない慈しみの泉であつた。父の妹で、まだ若いのに謂はれもなく独り身で、叔母の年にしては人きすぎるユキといふ娘があつた。

95　キ「車中にて」（昭15・10「文学界」　のち『続知と愛』に入る）㈠㈡㈣
『続編』の冒頭部――落第した梅郎の京都行の車中を描く。

96　ヤ「地福」（昭15・10「中央公論」）ⒶⒸⒺ㈠㈡㈢
女手一つで一家を支えたおみつの生涯と子供達の成長。

昼は昼のやうに、また夜も朝も照りも曇りもそれに合せて気をゆるさず、果樹は地福の土に合せて守り立てねばならない。眠る間も休む間も林檎と呼吸を揃へて暮してゐる。東京に

ゐたらケロリと忘れてゐるだらうが、動物と植物と自然とは同胞だよ。後れたりはぐれたりする事はあつても、切つても切れない縁だね。おれはその折衝に当つてゐるわけだ。みんなの思はくを通してわが事をする。これは君にも神田にも加藤にも共通に必要なことだ。あたり前の事を云ふと咎めるな。いつか話した杉のしんが青いと眼を見張るあれだ。どうも万物は地福の林檎畑のために備はつてゐるやうだぞ。」

97　ヤ　「弓」（昭16・1「文芸」　引用は初版）(A)(C)(E)(G)(ロ)

古代、出陣近い頃かつら（女が嫌い）と真玉との短い交渉――真玉はかつらに残された二十日間に弓の技を伝えようと思う。

　東雲をつんざいて野飼の駒の一群は鷲の巣山の峯を指し、各々たくましい鼻づらに汗をかいて走つてゐた。

　その峯じるしの槻の木に、これは又大和の都でも名立たる駿馬と云はれさうな鹿毛が、手綱をゆるめて繋がれてゐた。鹿毛は鷹揚に草を食み、折々は、木蔭に憩ふた狩姿の、いづれは宮人とみえる主の方へ、和やかな眼を向ける。

　主はまどろんでゐるかに眼蓋をつぶつてゐたが、その心が一方ならず劇しく動いてゐるのを、敏いけものの感で鹿毛は気遣つてゐるのかもしれない。

98　ヤ　「紫匂ふ」（昭16・1～6？「スタイル」　引用は初版）(B)(C)(E)(ハ)

喜代と源どんが結ばれるまでを、入り組んだ筋で語る。

鎌倉、と云へば源氏の将軍頼朝が要害の地と睨んだだけあつて、南に展けた海を囲んで三方に山をめぐらし、勇将義貞さへ黄金作りの太刀を海に捧げねば入りこめなかつた自然の城、――従つて夏は涼しく冬は暖かい保養向きの別荘地として、その閑静な環境が喜ばれたのも一昔の前の事で、今は東京から省線電車で一時間、下手な東京の郊外に住むよりは却つて便利な位だから、住宅難に追はれた中流階級がどんどん流れこみ、別荘地といふより住宅地と呼ぶ方が正しくなつた。

99

キ　「少年部隊」（昭16・1～12「少年倶楽部」　引用は初版）

東北の貧しい村に三人の少年を中心にしてできた「少年部隊」の活躍を描く。

三人の友

「おや。」

と太吉は目をこすつた。寒い冬の朝だ。あたゝかい寝床から伸ばした腕に、凍るやうな冷たさがしみた。

「うーむ、不思議だな。」

また聞える。こんな寒い朝に、雲雀の鳴くはずがない。さつきは夢かと思つたが、こんどははつきり聞えるのだから、空耳ではない。

「それにしても、下手な鳴きやうの雲雀だな。寒くて雲雀も風をひいたかな。」

耳をすますと、つゞけてまた鳴いた。鳴く方角を探つてゐると、雲雀はだんだんこつちへ近づいて来るやうだ。

100 ヤ㈭「病室勤務」（昭16・3「改造」『続知と愛』に収録）㈣㈧Ⓐ

亮子の臨床体験——無雪庵の無一物になった話、リカの結婚と悲劇の結末、無雪庵の身売り話（結婚前に子守りになったこと）

番を外してはいつも逃げてゐた病室附勤務も、もう今度は容赦のならない最後の廻りで、亮子は是非とも勤めなければならない破目になつた。

「心丈夫に。差入れをするわ。」などとクラスの友人にからかはれても、「ん。」と日頃に似合はずしよげた。病室附なんて、さぞ窮屈で心気くさくて、亮子なぞにはやりきれないだらうと、自他ともに危ぶんできたのだ。

受持の東の二病棟は安静室だつた。部署に就くと直ぐ、一つ向こうの一等・特等病室の一病棟勤務になつた同級生から、折々慰問文の交換をやらうと院内電話で申しこんできた。よつぽど退屈でつまらないんだなと、一層気がしらけて、そばで看護婦がカルトの説明をするのを、昼寝の時のカナブンブンのやうに聞いてゐた。

101 ヤ「貞の奉公」（昭16・4「現代」「上流家庭」［昭14・8「文芸春秋」］を含む。引用は初版）ⒶⒸⒺ

女中から身を起した貞が、数奇な変転の後、講義録、夜の女学校で勉強して専検にパスし、小学校の先生になるまで。

貞の母親は水汲女だつた。お城の下に掘抜の井戸が湧いてゐて、よい水に不足のこの町では飲用水は大ていそこのを使ふのだ。一荷二銭の水汲みでも馬鹿にはならない。母親のテツは朝晩、中ぐらゐの家庭へ水を運び、昼の暇な間を、手不足な家に雇はれて洗濯物や庭掃除をした。五十近い、だらしがないが、艶つぽい女だつた。

貞には一人姉があつたが、これは貰ひ子で、貞が生れる頃既に芸者屋へ下地に行つてゐた。おとなしい女で、今は囲はれて城東の上町に居る。

102 ヤ 「進級日記」（昭16・4「国民四年生」 引用は初版）(A)(C)(E)(G)

祐二の四年生に進級の喜びと新しい生活。

ずつと向かうに見える鳥海山も、このあひだ見つけたつくしんぼうも、今日はそろつて進級したやうな顔をしてゐる。さう思ふのは僕だけかな。お父様は、

「それはお前が進級したせいだよ。」

と、笑つていらつしやつた。

今年は僕が、賞をいたゞいた。すごいすごいと級のみんながはやした。

一年生の時からずつと三年つづけて、賞をもらつてゐた白戸君は、

「来年もまたとりたまへ。僕と一しよにぐわんばらう。」かう言つて僕をはげました。

103 キ 「親友」（昭16・5・18〜17・1・19「満州日日新聞」 初出原題は「春の嵐」 引用は初版）㈠㈣㈤㈦㈧㈨㈩

日進学寮七人の東大生の青春を描く。

104 キ 「命短し」（昭16・11「改造」 引用は初版）㈠㈣㈧

女学生の目を通してのキリスト教学園の偽善・腐敗・独善批判。

「さて今日は皆さんの卒業後の志望を一通り聞いておきたいと思ひます。志望によつては学園から尽力するつもりでゐますから。」

さう云つて、後ろの方から順々に立たせて、返答を求めました。

「女子大の家政科へ参ります。」どこの学校へ行つても劣等生らしい、役人の長女でありました。

「兄が朝鮮で下宿をしてをりますので、卒業したらその御飯焚きに行きます。」七人の子を抱へた未亡人の三番娘でありました。

「教員養成所の試験を受けるつもりです。」急に母と弟妹きりになつた人の発奮でありました。

「うちのタイピストがやめさうですから、タイプライタアの速成科へ行つて、早速役に立たうと思ひます。」鍛冶屋から鉄工場になつて、目下軍需工業家になりつつある家の子でありました。

105 キ 「仲間」（昭17・1「文芸」 のち『続知と愛』に入る）㈠㈡㈥

106 ヤ 「乙女だより」（昭17・2〜12「日本少女」 のち『をとめだより』と改題、引用は初版）ⒶⒸⒺⒻ

南洋から、千島から、と世界各地からの近況報告。

氷の國から太陽の国へ

お手紙のうれしさは、私たちのやうに、たまのたまにしかいただけない者が、一番よく知つてゐるでせうね。だからどのお友だちより一番遠いあなたに、まづおたよりを書きます。あなたはこの間、「熱帯の海の水は真青で、その青いだけ青い水に取りかこまれた島には、大輪の真赤な花が咲いてゐます。何もかも、よほど気を強くしてみつめねばならぬやうな、こい色ばかりです。いまにこれにもなれてくるのでせうか」と書いてくださいましたが、私の今ゐるここも、やはり水にかこまれた島です。ただ陸も海も一面に雪と氷です。

107　キ　「菊と蘭」（昭17・2〜18・3「新女苑」）㈠㈡㈢㈣㈧

河野弥生の結婚を決心するまでの揺れ動く心。

（私に気のつかない筈はないのだが――）と弥生はいささか不服だつた、（でも今夜は私は着物だし、この混雑だし、モオツアルトにポつとなつてる時だし、それにあの人は近眼だ。）そんな理由を並べ立てたあとで、

（だがやつぱりあの人は私に何でもないのかもしれない、）とそんな希望を粉砕する断案を下して憂はしげに眉を寄せた。

108　ヤ　「天の餅」（昭18・1〜3「日本婦人」　引用は初版）Ⓐ㈤

タマキの一代記（夫を支え、商売をし、店を持ち、田を買い、貸家をふやし、一人息子が戦死後は店をゆずり、野良仕事で過す）。

「これも御縁でございます。」

母がしみじみと云つたやうに、世の中に大勢の青年や娘たちが居る中で、一人づつが選びあてるのは、ほんたうに縁なのかもしれない。

幼な語りに聞いた話に、天で搗くお餅を幾つもまん中から二つにちぎつて、ぽいぽいと下界へ投げる。大ていあまり遠くへは散らばらないが、どこへ落ちるかは、はずみでわからない。

その半ちぎれがもう一方の半ちぎれを探して、御夫婦が出来る。間違つたのを探しあてると幾度もやり直さねばならない、

109 ヤ「木かげの話」（昭18・4「文学界」 引用は初版）ⒶⒸⒺⒻ(ロ)(ヘ)

サンダアル王妃一代記（巡査の夫→考古学者の夫→将校の夫→王妃）

「男の仕様なさに困り果てながら年を経て、とうとう私は王妃になつた、ときつとあの女はその日の日記に書いたに違ひないわ。」と云ひだしたのは、タツちやんとこの仲間から呼ばれてゐる二十五六の娘。

聞いてゐるのは、多分女学校時代の友達であらう、同じ年頃の三人。それに三十過ぎの、これはもうはつきりと奥さんである人が一人。――語り手のタツちやんを囲んで、木の蔭に勝手な居ずまゐで、シヤターを編んだり、小型織物機を動かしたりしてゐる。

110 ヤ「地球儀を持つた子供たち」（初出未詳、ただし、この書名の初版刊行は昭19・7・10、引用は初版の末尾）ⒶⒸⒺ

なほ子と広の家で産業戦士のために一部屋を空けて、兄弟を迎え入れての新生活。

「爺さん、行つた先の港にも、港につゞいた土地にも、僕らくらゐな少年たちが多ぜい居るだらうから、よろしくつて言つたつて、ことづけしてね。」

「爺さんの次ぎに行くのは僕らだ。」

成二がふと、力んだやうな声でさうつぶやいた。

「さうさう、爺のあとから来る若い日本人はたくさんゐる。なんのこんな印度洋や太平洋くらゐせまいものぢやな。」

爺さんが指でまはす地球儀をかこみながら、子供達皆の顔は美しくかゞやいた。


さて、右の判定基準による結果を集計整理すると次のようになる。

キ　47（久弥作）
ヤ　34（八穂作）
キヤ　18（合作）
ヤ(キ)　11（八穂作に久弥の手が入っているもの）
計　110

右の数字は長篇一冊も短篇一作も同じく一と扱っていることをはじめとして、前述したように、合作の問題にしても、久弥の校閲にしても、それから本稿で未検討の作品も十数作残されており

（念のために言っておけば、それらの作品によって作家の評価に変動が起るというものではないが）、問題はさまざまに含まれているわけで、そうした点への慎重且つ厳密な吟味は今後とも続けられ、結果として不断の訂正・変更が行われなければならないことは当然である。

それを前提にして言うのだが、八穂と結婚中に久弥が書いたのは山の作品ばかりで、小説は全部八穂が書いたとする彼女の主張にもかかわらず、事実として久弥作が半数近くもあるわけで、このことは冷厳な事実として受け止めるところから今後の研究が出発しなければならぬことは理の当然であろう。

即ち、今後の深田久弥と北畠八穂の研究を推進するためには、従来の不幸な離婚とそれに伴う八穂の「代作」説は、どちらかに肩入れするというような感情的レベルからではなしに、あくまでも文学史研究という学問的な要請に従って、冷静に、客観的に、比較検討され、妥当な結論に赴く方向で検証されることを期待したい。

本稿はそのための一試論であるが、大方のご批正を得られれば幸である。

注1　拙稿「深田久弥論（上）―初期作品からの照明―」（昭49・12「日本文学」）

2　神原達「深田久弥先生と九山山房―ヒマラヤ登山記の世界的コレクション―」昭46・4・5「朝日新聞夕刊」

3　堀込静香「年譜」（同氏編『深田久弥』86・10・9　日外アソシエーツ）。ただし、佐藤幸子「北畠八穂年譜稿」（昭62・3・31「郷土作家研究15」）は昭和三年とする。

4　3に同じ
5　典拠未詳。3の堀込氏年譜による。
6　平1・9・18「毎日新聞夕刊」
7　原文の抄出については原則として、短篇小説は初出から、長篇は単行本（初版）からとした。引用部分は冒頭部としたが、中に冒頭部よりも特徴がよくあらわれているものについては、それを抄出した場合もある。ただし、短篇も『雲と花と歌』（昭13・11・20）以後のものについては、初版本から抄出することを原則とした。引用文の表記は新字・旧仮名とした。ただし、外来語の促音、拗音などについては小字に統一した。ルビは省略した。踊り字は符号ではなく、同語を繰り返した。
8　拙稿「深田久弥論―昭和初年代を中心に―」（昭49・5「日本近代文学20」）、同「深田久弥論（上）（下）―初期作品からの照明―」（昭49・12、50・1「日本文学」）。ただし、「日本近代文学」の稿は久弥名の作品を一人のものとして扱っていることをおことわりしておきたい。

「小説」論ノート――小説の「特権」性――

田中　実

Ⅰ　〝「小説」とは何か〟を考える前に

日本のイメージ

1999年、北京日本学センターの客員教授として、四か月ほど北京に滞在した。街中を時折散歩してみた。人々は気さくで、中国語の話せない私にも住みやすいところだと感じた。ホテル内の店へ入ると、私の家族は日本語で、「いらしゃいませ」と声を掛けられるのに、私は中国語で「ニィハオ」と話しかけられる。中国人に見えるらしい。

元が造ったこの都には、天壇公園という一際立派な公園がある。王朝があった頃、歴代の皇帝はここで「天」に向かって、王となる儀式を行っていたという。そこを私が訪れた日は「北京秋日」、素晴らしい天気だった。日本大使館に勤めている中国人の教え子の話を聞きながら、公園の階段を上り、儀式のための広場に出た。「天」に近づいた気がした。そこで建物の向こう、空の蒼さをしばらく眺めていると、やがてその中に何か畏怖に近い恐怖感を覚えた。足下がかすかに震えている。日本語に「天」という言語は定着しているが、やはり「天」（テン）と「空」（そら）は別のもの、いつもなら澄み切った「そら」を見て、それだけで心慰められていたはずである。日本列島に朝廷が樹立されるとき、王権は易姓革命の思想だけは受け入れなかった。万世一系の「天皇制」は「天」と人とが連続し、「天」は「そら」と「空」（クウ）を融合して、今日に至る。超越なき列島の文化、「日本的優情」……そんな妄想が身体の中で始まって、気が付くと夕暮れになっていた。私は胡同《フートン》の前にいた。

皇帝の住まいであった故宮の周辺には、今でも昔ながらの庶民の住まい、胡同《フートン》が路地の奥深く広がっている。そこにはたくさんの人々がひしめき合うように住んでいる。だが、その貧しい住居も頑強な石造りの塀で囲まれていて、家の中の様子は外からは容易に窺えない。外部に対して内部が厳重に守られている。日本の伝統的長屋、木と紙でできた家とはずいぶん違うなと感じた。帰国した今思うのだが、日本の文化は全体が箱庭のようにもろく、洗練に洗練を重ねた繊細さを生きているという印象を否めなかった。

そこでこれも個人的な体験だが、大学生になって、初めてお茶の稽古に出た時のことを思い起こす。

最初に先生への挨拶の仕方を教わった。まず扇子を自分の前に置いてお辞儀をする。その時、扇子は境界線を意味すると言われた。それは師弟の差、地位・身分・立場の違いをこの扇子一本に見立てているのだそうだ。確かに、芸人が口上を言うときも、羽織、袴を着て、膝の前に扇子を置いている。お茶の先生の言うことには、茶道具を畳の縁内《へりうち》に置くのか、縁外《へりそと》に置くのか、美意識と重なって、それなりの意味があり、新鮮な感動を覚えた。なるほど、そう言えば、子供の頃、家の敷居は踏まないようにと、言われていた。扇子ひとつ、敷居ひとつで日本人は境界線を引き、異界の領域を作ってきた。そんな日本の慣習のひとつひとつに驚異のまなざしを投げ掛けたのは、明治二十三年に来日し、日本で生を全うしたヨーロッパの知識人、小泉八雲である。彼は『知られざる日本の面影』で次のように語っている。

> 日本人の生活には内密といふことが、どんな種類のものも殆ど全く無い。（中略）そして紙の壁と日光との此の世界では、誰も一緒に居る男や女を憚りもせず、恥づかしがりもせぬ。為す事は総て、或る意味において、公に為すのである。個人的慣習、特癖（もしあれば）、弱点、好き嫌ひ、愛するもの憎むもの、悉く誰にも分らずに居らぬ。悪徳も美徳も隠す事が出来ぬ。隠さうにも隠すべき場所が絶対に無いのである。

そうだとすると、ここにはいわゆるプライバシーがないだけではない。自立した「内面」や「主体」が育とうはずがない。自他未分である。日本の木と紙でできた長屋は表からも裏からも簡単に侵入でき、内と外の境界が緩やかである。外から内がそのまま目に見える。外から見える私が「私」そのものである。これが実質的で具体的な力によって造られているのでなく、虚構の見立て、先の扇の類で形成されている。すなわち、それぞれの分《ぶん》のなか、分限のなかで生きている（ここで急に歴史上の出来事を思い起こすと、その最大の徴《しる》しが幕末維新最大の威力を発揮した官軍の証し、「錦の御旗」だった）。

「私」は外から見える「私」でしかないという事態は、「私」に孤立した内面の部屋、精神という奥行きのある空間が稀薄であることを現している。そこに西欧から黒船が襲来する。繊細な心や洗練された感性は十分にあったとしても、内面の空間である「自己」とか「主体」ははたしてどう育ったのであろうか。

おおよそ極東の列島がこのような状態だったとして、そこに日本の「小説」、漱石や鷗外に代表される日本の近代「小説」は、そもそもいかにして誕生したか。そしてそれは何故、明治二十年代前半に現れたのであろうか。

Ⅱ　〝日本の「小説」とは何か〟

「小説」誕生の時期

江戸に幕府が置かれ、幕藩体制によって二百六十年余の久しき間、列島は封建官僚体制によって支配されていた。黒船襲来はこうした木と紙の文化を突き破り、列島全体に影響を及ぼす一大事件だった。それから三十七年後、列強に伍してこの極東の島国でも近代国家の法制度を備えた

第一回帝国議会が開催された。かつての強力な封建幕藩体制は瓦解し、将軍慶喜や坂本龍馬が構想していた公議政体論は王政復古、祭政一致のイデオロギーによって後退したものの、憲法発布・帝国議会開催という形で現実化されたとき、形の上ではこれが欧米列強に肩を並べる形態になっていた。幕藩体制の瓦解から近代国家建設による再編成のこの時期、この国に「小説」が誕生する。

この問題をもう少し絞ると、西南戦争に敗北した反政府勢力は自由民権運動として圧倒的高まりを見せるが、十年後の帝国議会開設の勅諭が出た明治十四年の政変によって頓挫する。選挙による言論の場が制度的に保証されることになったからである。これによって民衆の自己表現の術は権力の側に吸収された。維新直前「ええじゃないか」という群衆の暴動があったが、彼らの刹那的で、無方向のアナーキーな力は、自由民権の運動として顕在化するものの明治十四年の政変による国会開設の約束によって拡散され、深く沈潜することになった。その後民権運動は過激派の武装闘争となって（明治15年福嶋事件、17年群馬事件・加波山事件・秩父事件・飯田事件・18年大阪事件・19年静岡事件）敗北していった。その過程、文芸の世界では『小説神髄』というトピックがあり、『浮雲』『舞姫』という「小説」が列島にも登場した。自由民権運動からの挫折という、この図式がいかに古色蒼然としていようと、ここには〝日本の「小説」とは何か〟を考えるヒントがあると私は考えている。

ところで、維新からこの時期は「文明開化」の時代だった。「文明開化」という、ある面では日本文化にとって屈辱的であるはずの西洋文明の受容を逆に拝跪してしまった。それは東洋文明と西欧文明の対決・衝突ですらない。野蛮、未開の極東の島国が文明という普遍に出会ったという図式に他ならない。美術界ではヨーロッパの一部でジャポニスムが起こる必然性があったにもかかわらず、軍事、経済産業、近代科学など諸々の分野では遥かに立ち遅れているという圧倒的国力の落差が、自ら「文明開化」を必要としたのだった。西欧文明の影響の下、社会改良が急がれ、功利性がうねり、文学革新もこの下にあったが、そうしたレベルでは人々の根源的な生のエネルギーは収束しきれない。文化の基底にある深く抑圧された力は、屈曲して外への捌け口を求め、新たな生の表現の形式を必要としたのである。それは新たな表現形式「小説」の誕生の要因の一つとなった。

それでは〝日本の「小説」とは何か〟。

小説の定義（辞書には）

〝「小説」とは何か〟について、まず専門領域ではなく、一般ではどう考えられているのか見てみよう。今使っている辞書には、それぞれ次のように定義されている。

◆『日本国語大辞典』（縮刷版　昭和54・10、小学館）

①略

②文学形態の一つ。作家の想像力・構想力に基づき、人間性や社会のすがたなどを登場人物の心理・性格・筋の発展などを通して表現した散文体の文学。古代の伝説・叙事詩、中世の物語などの系譜を受け継ぎ、近代に至って発達した。坪内逍遥がノベルという概念を翻訳するために、「小説」という古語に新生命を与えたもの。また、国文学史で、中世・近世の物語・草子類の散文体文学をいう。

③略。

◆『広辞苑』（第二版補訂版　昭和56・10、岩波書店）

①略

②（novel イギリス roman フランス）文学の一形式。作者の想像力によって構想し、または事実を脚色した主として散文体の物語。古代における伝説・叙事詩、中世における物語などの系譜を受けつぎ、近代に至って発達、詩に代って文学の王座を占めるようになった。「小説」の語は、坪内逍遥が取って novel の訳語として用いたのに始まる。

『日本国語大辞典』が小説を「散文体の文学」としているところを第二版補訂版の『広辞苑』では、限定して「散文体の物語」と定義している。

ところが、最近購入した電子手帳の『広辞苑』第五版を見てみると、現在の説明はこれらとは違っていた。

◆現在の第五版

①略
②（坪内逍遥によるnovelの訳語）文学の一形式。作者の想像力によって構想し、または事実を脚色する叙事文学。韻文形式だけでなく、語り手が物語るという形式からも自由になった、市民社会で成立した文学形式。古代における伝説・叙事詩、中世における物語などの系譜を受けつぎ、近代になって発達、詩に代って文学の王座を占めるに至った。

第二版が「散文体の物語」と定義したのに対して、第五版では「語り手」が「物語るという形式からも自由になった」と捉え、「物語」と「小説」を分離して違いを明白にしている。すなわち、両者の形式は異なり、「物語」は「語り手が物語るという形式」、これに対し「小説」はそこからも「自由になった」形式と考えている。この点で近代文学の最近の研究状況、特に〈語り〉論や〈語り手〉論が反映されていることが分かる。

翻って、はたして日本の「小説」とは「散文体の物語」か。それとも「語り手が物語るという形式からも自由になった」「叙事文学」と捉えるのが妥当か。いや、近年の近代文学の〈語り手〉の研究にそもそも問題があるのか。ここで問題になるのは「物語」と「小説」が分けられている、その違いである。そこで『広辞苑』第五版の「物語」の項も挙げておこう。

◆第五版
①略
②作者の見聞または想像を基礎とし、人物・事件について叙述した散文の文学作品。狭義には

平安時代から室町時代までのものをいう。大別して伝奇物語・写実物語または歌物語・歴史物語・説話物語・軍記物語・擬古物語などの種類があり、「日記」と称するものの中にはこれと区別しにくいものもある。ものがたりふみ。

③略

「物語」は「散文の文学作品」と説明され、第二版の小説の説明である「散文体の物語」に基本的に通底している。「小説」と「物語」はほぼ最近まで同じようなものと一般には、少くとも辞書のレベルでは考えられていたということになる。これは特筆に値しよう。日本に市民社会がどこまで成立したかどうかの問題はここでひとまず措くとして、果たして「小説」を説明して「語り手が物語るという形式からも自由になった、市民社会で成立した文学形式「小説」というのは妥当なのであろうか。それでは「小説」と「物語」の違いは「形式」だけであろうか。それとも「内容」も含むのなら、どう違うのであろうか。「物語」とはいかなるものか。

物語と物語文学

人はものを見、聞き、匂い、感じ、考え、捉える世界にいる。それ自体が既に共同体の文化のなかの言葉で名付けられた世界である。世界が天動説であろうと、地動説であろうと、また相対性理論のなかにあろうと、それぞれの時代の〝表れ〟をそう受け入れて生きている。天動説も、地動説も、相対性理論も、ビッグバンも、すなわち、現代科学も、大きく言えば、時代の「物語」である。そう、人は世界（対象）を受け入れる。出来事が起こり、これを自分流に捉え、何らかの脈絡を付け、理解をし、意味付け、価値付けている。これを文学としての「物語」としていくには、文字として書かれ、思想を持った「文体」と「話型」が要求される。古橋信孝氏は物語文学の祖と言われる『竹取物語』が、いわゆる伝奇物語のスタイルをとった事情を次のように言う。

異郷のものは異郷に返す。後に残るのは地上のものだけだ。人はこの地上に生きなければならない。こういう論理が万葉集以来の、老いというテーマの結論だった。／人はこの世で苦しみながら生きていくという普遍的な相を語るには、まず幻想の世界を否定する必要があったのだ。しかも、虚構という言い方をすれば、幻想こそが現実を離れる虚構の表現としてあった。『竹取物語』はその虚構と現実との葛藤をえがくことで、現実こそ虚構として語られるべきことを語ろうとしたのに違いない。

（『物語文学の誕生―万葉集からの文学史』平成12・3、角川書店）

これだけの引用では後半少し分かりにくいが、伝奇（ロマン）という形式で語ることは、現実の葛藤、苦しみから生まれてきたもので、現実から遠ざかるものではない。この世の人ではないかぐや姫のお話の伝奇（ロマン）を語ろうとするのは、それが人の本当の姿、現実だと思うからである。古橋氏の説は近代小説を考える上でも示唆的である。伝統的「物語文学」から近代「小説」へ、近代「小説」の誕生は、一見伝奇（ロマン）から写実（リアル）への形を取っているが、それは形態に過ぎない。

『小説神髄』

江戸期の膨大な物語類は『源氏物語』を頂点とする「物語文学」の伝統を持ち、近代文学もまたこれを継承し、坪内逍遥が伝奇（ロマン）と写実（リアル）、虚構と現実のなかで〝小説とは何か〟という難問を体験する。そこで発表されたものは創作ではなく、評論と学問の間、『小説神髄』という作品だった。西洋の近代的理念と交差して成立している「小説」は伝奇（ロマン）と現実（リアル）、勧懲と模写の対立で、後者を選んだと考えられているが、この図式自体が問題だったのである。逍遥は『小説神髄』のなかで、すべてをまず「仮作物語《つくりものがたり》」とし、それを「尋常《よのつね》の譚《ものがたり》（小説《ノベル》）─勧懲　模写」と「奇異譚《きいのものがたり》（羅《ロウ》マンス）」とに分けている。その意味で「仮作物語《つくりものがたり》」とは虚構（フィクション）の意味で、「小説《ノベル》」は「勧懲」と「模写」と組んで「奇異譚《きいのものがたり》（羅《ロウ》マンス）」と向き合っている。そこから「小説」の独自性をどう考えるか。

中野三敏氏の「『小説神髄』再読─所謂馬琴批判とされる文脈を主として─」（『日本近代文学　第65集』平成13・10）は、逍遥が滝沢馬琴の勧善懲悪を批判したという通説に対し、直接馬琴を批判したのでなく、その亜流を批判したのだと指摘、次のように述べている。

要するに逍遥における「まことの小説」は美術であると共にかかる倫理面の「稗益」を内包

する事によってはじめて「完全なる小説」となり得るものであったのだと思う。更に言えばこれ迄「ありのまゝ」の描写を心がけるべしとする事によって、いはば馬琴流の「あるべきさま」を描く勧懲小説を退けたとされてきた逍遥であるが、「神髄」を読んでここにいたれば、その「ありのまゝ」と「あるべきさま」とは逍遥において決して相反するものではあり得ず、寧「ありのまゝ」の描写に徹することこそが「あるべきさま」を描き出して「完全なる小説」として結実し得るのだとする所に、その真意があったろう事は殆ど疑えないのではなかろうか。

小説の神髄を「美術であると共にかかる倫理面の『稗益』を内包する事」と捉え、「『ありのまゝ』の描写に徹することこそが『あるべきさま』を描き出」すと指摘し、「小説」の基本を明確に捉えている。中野氏はさらに次のように近代文学史の歪みを批判する。

(逍遥)の批判の矢は専らその亜流の贋者・糠粕作者連中に向けて放たれたものであり、神髄とすべきは「ありのまゝ」を描いて「あるべきさま」を悟らせる小説という所にあり、それによって近来の作者連を贋者・糠粕の位置から覚醒させ、やがては馬琴と肩を並べる大作者へ導こうとするものであったのを、性急な近代主義への歩みは、その文学独立論を拠り所に、「あるべきさま」の否定という解釈を導き出し、その結果逍遥を馬琴批判の首魁に祭りあげ、「ありのまゝ」という描写のレベルの立論を、遂には本質論として把える事になって「自然主義」から「私小説」という極めて日本的な展開を示すと共に、何やら近代文学というもの

を瘦せ細らせる方向へも作用したように思える節もあるが、（後略）

「ありのまゝ」という写実と「あるべきさま」という理想、両者の対立をいかに克服し、一体化していくか、その志向こそ『小説神髄』以降、国会開設を経て、逍遥・二葉亭・鷗外・透谷・露伴、あるいは硯友社の同人ら近代作家が目指す「小説」の神髄であったはずである。

「物語文学」が西欧の「小説《ノベル》」という表現形式と交差したとき、国家の成立、ナショナルなものに関わる母国語の問題が呼び起こされた。これは和語が漢字によって文字化されたとき以来の大問題でもあったのではないか（ここでは『古事記の文字法』西條勉　平成10・6笠間書院、という優れた研究があることだけを紹介しておく）。それは、二葉亭、美妙に代表される言文一致や落合直文の新国文、鷗外の雅文体による新擬古文など、様々な新たな文体の創出の試みを呼び起こし、試行錯誤を必須としたのである。

『浮雲』第三編

明治十九年、ロシア文学を学んだ二葉亭四迷は『小説神髄』を継承し、『小説総論』で、「摸写といへることは実相を借りて虚相を写し出すといふことなり。」と喝破し、「偶然の形の中に明白に自然の意を写し出さん」としたが、目に見えるものの彼方に「自然の意」があり、それは「ありのまゝ」を通して「あるべきさま」を求めていくのだとした。そこで「言文一致」体の「小説」『浮雲』第一編が登場する。当時「文」（書き言葉）の文末表現（き・けり・つ・ぬ・たり）が「言」

（話し言葉）では使われなくなっていたことが大問題だった。「言文一致」の運動はこれまでの擬古文を廃し、「言」（話し言葉）と「文」（書き言葉）とを一致させ、新たな「文」（書き言葉）を造ろうとする言語運動であった。それは「小説」というごく限られた局部的な言語世界でのことではあっても、当時の社会の見えない在り方、成り立ち自体をいかに捉えるかが問われる世界認識の根本に関わるものだった。これは文章の技術的な問題ではどうにもならぬ生の基底と言ってもよく、それは今まであった内なる文化の形、規範を壊し、それによって新たに見えてくる外界の現実に生々しく生きることを意味する。

先走って言うことになろうが、「小説」という形式がその中に「物語」を内包させているだけでなく、「小説」の表現主体を「小説」それ自体が瓦解させていく契機を常に抱え込んでいると私は考えている。「小説」のなかの物語性ではなく、小説性がその書き手自身の主体に喰い込んで内面を浸食していく必然性を持っているのであり、近代小説の作家に自殺者が多いのは単なる偶然ではない。『浮雲』第三編が書かれたとき、「小説」という形式の独自性がついに発揮され始めた。語られた主人公の内部の主体と語っている〈語り手〉の主体との距離だけが近くなり、一体化していったのであり、こうなると、これまでのそれぞれ作中人物に距離を取って語っていた「物語」の流れは先に進まなくなる。すなわち、〈語り手〉は作中の誰か（ここでは主人公内海文三）に取り込まれると、その人物のなかでしか世界を捉えることができなくなって、他の人物に対して超越的な立場を取ることができず、その人物の見た世界からしか語れないことになる。つまり、一人の人物がひとつの世界全体と化して、物語の流れは停滞し、中絶の問題が起こる。『浮雲』第三編が〈他者〉という越境のラインを浮上させた。これに『浮雲』は日本で最初に遭遇し、翌（1890）年一月三日『舞姫』が発表され、独逸三部作が登場する。『舞姫』を検討する前にもう一度小説概念を振り返ってみたい。

Ⅲ　再び〝「小説」とは何か〟

小説の定義私見

中国では、魯迅によって近代「小説」が生まれた。魯迅の名作『故郷』は中国と日本双方の国の教科書に採択されている。中国では小学校でその一部を、中学校で全文を国民がこぞって学ぶ。毛沢東は発表当初からこれを教科書に採用していた。『故郷』について論じる機会があったとき、日本の「小説」の領域を超える、あるとてつもなさを感じた。それが日本の文学教育研究の一部では、批判というより、完膚なきまでに全否定されている。例えば、「この作品が、だれにとってもわからないのが当然なのは『わたし』が無責任・無自己だからである。まともに相手にして考えるにあたいする責任ある自己（self）を欠くあやしげな人物だからである。」（宇佐美寛著『国語科授業批判』昭和61・8、明治図書）とか、「たんなる差別小説でしかない」（千田洋幸「魯迅『故郷』・〈教える〉ことの差別」『文学と教育』平成9・12）とあり、こうした評価を日本の文学教育界を背負う、畏敬する田近洵一氏でさえ、保留付きながら、「宇佐美氏の『私』批判は正しいと思います。」とか、

「刺激的な論文」とか評しているのに大変驚いた（「魯迅『故郷』における人間探求」『文学の力×教材の力　中学校編3年』教育出版、平成13・6）。私は『故郷』に傑出しているというような通り一辺の言葉で言えない深さ、漱石・鷗外の文学に比較しても、遥かに深い文学世界があると感じていたからである（拙稿「虚妄の希望・虚妄の絶望」『文学の力×教材の力　中学校編3年』教育出版、平成13・6）。こうした評価の違いは単に解釈が人それぞれというのではなく、読みの方法に基本的違いがあり、文学研究や国語教育の学会レベルで基本的に議論する必要があると私は考える。ともかく、魯迅がきわめて傑出しているとしても、当初、当時の民国の現状は魯迅に「小説」を断念させていた。『吶喊』の自序には、古い友人が文章を書けと勧めるのに対して次のようなやり取りがあったと言う。

《かりにだね、鉄の部屋があるとするよ。窓はひとつもないし、こわすことも絶対にできんのだ。なかには熟睡している人間がおおぜいいる。まもなく窒息死してしまうだろう。だが昏睡状態で死へ移行するのだから、死の悲哀は感じないんだ。いま、大声を出して、まだ多少意識のある数人を起こしたとすると、この不幸な少数のものに、どうせ助かりっこない臨終の苦しみを与えることになるが、それでも気の毒と思わんかね。》／《しかし、数人が起きたとすれば、その鉄の部屋をこわす希望が、絶対にないとは言えんじゃないか》／そうだ。私には私なりの確信はあるが、しかし希望ということになれば、これは抹殺はできない。なぜなら、希望は将来にあるものゆえ、絶対にないという私の証拠で、ありうるというかれを論破することは不可能なのだ。そこで結局、私は文章を書くことを承諾した。これが最初の「狂人日記」という一篇である。

「鉄の部屋」からの脱出は不可能、これははっきりしている。しかし、将来の「希望」となると、これを全て否定することはできない。この矛盾が魯迅に「小説」を書かせたという。処女作『狂人日記』は、人肉を食べるという人間の文化最大のタブー、これが日常化している中国の現実を語ったものである。ここには絶望の極みとしか言いようのない、現実を超越することの不可能性の極限から描き出された神のごとき業がある。

魯迅は中国に「小説」を創出した。しかし、イスラーム世界には「小説」という形式が誕生しなかったという。それはなぜか。

物語を内包した小説と宗教

岡真理氏は『記憶／物語』（平成13・2、岩波書店）で、「イスラーム教徒にとって、世界の創造とは神のみに帰属する行為であり、被造物である人間が、神が創造した世界とは別の世界を創造／想像することは、「ビドゥア」（bid'a イスラームから外れた行い）と考えられたのだ」とエドワード・サイードが語っている言葉を紹介し、次のように言う。

〈世界〉を小説に具現するとき、私たちは、世界を俯瞰する視点に自らの視点を同一化させなくてはならないだろう。世界を俯瞰する視点、それは神の視点にほかならない。神の視点で、神が創ったこの世界とは別の世界を構想すること——なるほど、たしかにそれは、敬虔なイスラーム教徒ならば、神に対する被造物の不遜な挑戦と映ったかもしれない。だとすれば、小説とは本来的に、神との緊張関係をはらんでいることになる。

「小説とは本来的に、神との緊張関係をはらんでいる」というのは、日本の「小説」を考える際も、一つの急所であると私は考えている。日本の「小説」の創造者たちはそれと意識せず、神の視線の創造を模索していたのではないか。「神髄とすべきは『ありのまゝ』を描いて『あるべきさま』を悟らせる」ことを求めていたと言い換えることも出来る。この方向は、時代の先導者にして教師たるべく歩み出した逍遥の認識を超えた運命だったと言ってよいと思う。まさしくこれを実践し、創作することは、問題が大きいだけほとんど不可能な技であった。逍遥自身は明治二十二年には早くも「小説」創作を断念する。

とは言え、「物語文学」によっても「世界を俯瞰する視点」を持つことができるし、「神との緊張関係」を語ることはできるはずである。それどころか、「物語」は前述した大きな文脈で考えれば、科学すら内包していると言ってもよい。にもかかわらず、宗教と対峙し、拮抗するのが「物語」ではなく、何故「小説」でなければならないのか。

それではまず宗教と「物語」の相関はどう考えたらよいのか。

例えば、『聖書』には子供にも面白い物語、エピソードが溢れている。私は小学生の頃、教会の日曜学校で聞く神様の話がとても面白かった。『聖書』の出来事はひとつひとつ、スクリーンに映し出されている映画のように聞いていた。『幸福な王子』や『マッチ売りの少女』の絵本を読むのと同じだったのである。文学の「物語」は読み手が作中人物に成り代わり、王子や少女の虚構に生き、そこで遊び、読み終わると、元の現実に戻る。それが宗教書のなかの「物語」、「神の言葉」となる一点は、信仰という《絶対》を引き受けるか否かにある。決して文学のように鑑賞するだけではすまない。

「物語」の限界性とは、人から神を見た世界を語ることはできても、神から人を見るまなざし、神のまなざしを描くことはできないことである。人が見た神は「物語」として描き出すことはできる。その意味で、神のことを様々に語ることはできる。しかし、神から見た人は語れない。神から見た人の話を語ったとしても、単なるお話にしか過ぎなくなる。すなわち、たとえ、神から見た人が素材として語られていても、それは「物語」であって、神が人を見ている力の内実そのものが描き出されるわけではない。それを仮に神が人を見るまなざしと捉えるとすれば、既に信仰の領域にあるからであり、信仰の内側からこれを見れば、神が顕われるのである。とすれば、それが「物語」の領域を超えている宗教書なのである。しかしそれも信仰の外側から見れば神についての「物語」に過ぎない。つまり、文学も宗教も「物語」を内包し、解釈共同体に負うているのである。ところが、その役割は大きく異なる。宗教における究極の神は、神の摂理を信仰するものの内部にしか働かない。宗教は救済のための信仰を核にし、信仰なきものけ、よそ者として受け付けない。宗教における《神》の絶対性は外部（侵略者）には働かないというのが宗教のイロニーであり、悲劇である。マヤ文明を初めいくつもの世界の文明が神の絶対を信じて滅んだ。神を踏みにじる異教徒を神は罰しない。世界史は宗教戦争がもたらす悲劇の多きに絶えない。そこには、宗教の絶対性は外部にとっては「物語」に過ぎないという宗教の限界が隠れている。

ところが、「小説」はよそ者（読者）に寛容、宗教と小説（文学）とはこの一点で決定的に異なる。あるべき理想の「小説」とは、宗教同様自らのなかに《他者》という絶対を内包しながら、宗教とは違って読者を選ばない。信仰のあるかなしかは全く問わない。「物語」を内包しながら、「物語」を超える「小説」の急所とは、口早に言えば、読み手の了解を超えた地平にある了解不能の《他者》と向き合う仕掛けにあるのである。

「内面」や「自我」、「自己」や「他者」などのいわゆる〈近代〉の問題が浮上するのは、「小説」がそれらを素材にして書かれているからだけではない。素材としてなら、歌でも随筆でも戯曲でも、また思想や哲学・倫理学、あるいは社会学、心理学でもそれらを問題にしている。「小説」というジャンルそれ自体の虚構形式、その仕組みが「内面」や「自我」、「自己」や「他者」の境界を造り出すと私は考える。「自己」とは「他者」との相対関係で初めて意味を持つ言葉であるが、「他者」は「自己」の領域を超える〝向こう側〟のこと、「小説」という仕組みは「自己」や「内面」や「自我」という内なる空間を立体化し、これを育成し、堅固なものにしていくが、「私」は固有の者であるという「個」の観念、個人がある絶対性を保持しているという価値観、これらによって「他者」との間に境界線が引かれる。そうすることで「個」は「個」として生き、〈他者〉という壁、〝向こう側〟が創造される。ここにこそ「物語文学」を超える、小説生成の地平がある。それを可能にし、実現していった秘密は〈語り手〉と作中人物との相関にあったと私は考える。小説が「物語＋〈語り手〉の自己表出」であることは拙稿「断想―読むことの倫理」（『日本文学』平成13・8）で指摘し、その際〈語り手〉とは登場人物に対して天才腹話術師いっこく堂のようなもの、「小説はこのいっこく堂が〈語り手〉となって二つの人形AとBを使って、二人の役を一人で演じているようなもの」と述べたが、とすれば、「小説」とは〈語り手〉が「物語るという形式からも自由になった」（『広辞苑』第五版）というのではなく、むしろその逆、〈語り手〉が物語を語るという形式に拘束されながら、それをふり切る困難さと葛藤に「小説」の独自性があると捉えたい。先の小泉八雲の指した「内密といふことが、どんな種類のものも殆ど全く無い」空間、私流に言い換えると、「自他未分の共同体」、日本列島はそうしたなかにあったが、そこで育ってきた「物語文学」に「小説《ノベル》」という形式が突き付けられ、そこに日本の「小説」が生まれたのだが、それは個という独立した「自己」の領域を内側から描き出しながら、なおもう一人の別の個の領域への越境、境界を通過していこうとする難問との闘いだった。すなわち、そこに「内面」が育つための《他者》との相克の場所があったのである。

「小説」とは宗教と役割を異にし、信仰なくして《他者》と相対する形式である。そうであるなら、結論（今回の「小説」論ノートはその第一回に過ぎない）を先に書くようなことになるが、今、情報社会のなかで一旦、死んだに見えた文学、〈ことば〉の力の結晶である「小説」こそ《他者》

への越境を内在させ、この文明の戦争の時代に再び蘇って、読まれることが要請されているのである。〈語り手〉による《他者》への越境という一見不可能なことを可能ならしめる形式が、実は「小説」の価値の源泉であり、相対の無限の連続でしかない「神々」のいます国に「神」からのまなざし、すなわち、絶対という超越性（了解不能の《他者》）を描き出すことこそ「小説」の使命だったのである。

小説という形式は「個」という近代的観念を形成していったが、もともと「小説」と絶対という《他者》とは本質的な相関を持っていたのであり、その要が「語り手」と登場人物の相関にあったのである。

Ⅳ『舞姫』の登場

『舞姫』の登場

「自我」や「内面」は近代が発見した人間の真実と考えられてきた。柄谷行人氏は『日本近代文学の起源』（昭和55・8、講談社）で、言文一致の表音主義言語観の内面化を独歩の『武蔵野』などに見て、「近代的自我」が先にあって、制度ができたのでなく、制度としての思考が成立したとき、「内面」が発見されたと述べた。鈴木貞美氏は「起源論の陥穽―柄谷行人『日本近代文学の起源』批判」（『現代日本文学の思想』平成4・12、五月書房）で、「近代的な『内面』の成立は必ずしも、表音主義と一体のものと考える必要はない。形象においても、『表現』は成立する。（中略）その意味で、森鷗外の『舞姫』にも『内面』を想定してよい。（中略）近代人の心理が措定されているのは間違いないこと」と述べて、柄谷氏と対立した。無論鈴木氏が言うように、『舞姫』に「内面」を想定してよい。その時、制度などあろうはずもない。

『舞姫』では、はっきり「我」対「我ならぬ我」の対立、周囲によって作り出された「我」と「奥深く潜みしまことの我」の対決がある。この葛藤から「独立の思想」が自立して官長と対立、免官になり、ドイツの少女との愛と悲劇（エリスの発狂と別離）が成立した。これこそ近代の典型的「内面」である。

ところが、帰国する豊太郎はもはや「内面」、「まことの我」を実体としての真実と信じていない。「われとわが心さへ変り易きを悟り得たり。きのふの是はけふの非なるわが瞬間の感触を、筆に写して誰にか見せむ。」と独白する「まことの我」が観念でしかなかったことを見破っている。外界から閉ざされ、行き所のない状態、その混迷の極にあって惨痛は凝り固まり、外界は「懐旧の情を呼び起」す。どうすればこの「恨み」を鎮めることができるかと問う。

通常これまでの苦しみなら、「詩に詠じ歌によめる」ことによって「恨み」は晴らされるはずだが、そうした自己表現の方法は何故か閉ざされている。豊太郎の「恨み」があまりに深かったからではない。漢詩や和歌を詠むという伝統的な表現方法では、「まことの我」の世界が観念として顕れ、瓦解するという、西洋近代の文脈のなかで起った出来事を表現することなぞできなかったからである。両者の文化の位相は違い過ぎる。漢詩や和歌を詠むことで恨みを晴らすという伝統的日本の表現手法、韻文の表現行為では遠く及ばない文化的落差の中に豊太郎はあった。「まことの我」を育てた近代的内面の空間は、今抉られたままだった。「若し外の恨なりせば、詩に詠じ歌によめる後は心地すが〱しくもなりなむ」とは太田が祖国の伝統文化からも、「まことの我」の西欧ドイツの文化からも疎外され、未曾有の闇、「内面」の空洞を抱えていることを表している。そこで豊太郎は「さはあらじ」という迷い、たゆたいを抱えながら起死回生の挙に出る。「内面」を再構築しようというのではない。むしろその逆、一旦、あらゆる意味が剥奪された空虚な闇、生の虚を受け入れ、そこから己の空洞化した「内面」の闇に認識の光を当て、これを表現するという新たな地平を切り開いたのである。伝統文化からも、獲得した近代の西洋の文化からも距離を置いた地平で手記を書くという、この新しい設定にこそ神の視線から描くに似た表現の創出があり、『舞姫』が日本の近代「小説」として誕生する秘密があったのである。鷗外がこの『舞姫』を描いたとき、日本にも「小説」が誕生した。

それでは〝書く行為〟はどこに行き着いたか。本論としては蛇足にみえようが、併せて付け加えておく。

この手記によって豊太郎は己れが何者であるかを知らされる。エリスにも相沢謙吉にも彼は己の「内面」を見せることはできなかった。エリスとの愛の破局を物語ることによって、擬態化した「自己」を露わにした。擬態は偽装とは違う。他に対して偽装するのでなく、他と一体化しようという、内的衝動が自身に擬態化を要求するのである。豊太郎の相手との一体化の働きを偽装と理解する小説の読者は、主人公に本音＝「実体」がこれと別にあると考えるから、巧妙にエリスを偽って、帰国＝立身出世を図ったと理解するのである。「内面」が育っていない浅薄な受容である。

擬態化の衝動は豊太郎にとっては一種の愛の働きであったが、エリスにとっては虚偽に他ならない。「内面」の自立を前提にしたドイツ社会で豊太郎の擬態化は愛の裏切り、しかも、ドイツ婦人エリスの了解範囲を遥かに逸脱する不可解な行為、これこそ彼女を発狂に追い込んだ真の要因だった。ドイツでの日本社会で獲得された「まことの我」、その「内面」の裏にあるもの、すなわち日本人に起こった「まことの我」の劇が美しく、もろい観念でしかなかった悲劇のあり所だったのである。

身ごもったエリスの発狂及び見捨たことによって豊太郎の精神も瓦解する。豊太郎に救済はない。救済はないものがなお生き延びていく道は己れの奈落を全的に精神によって引き受けることである。豊太郎の自己劇化（ナルシシズム）がこれを阻むが、手記の書き手は自己の内奥を剔抉し、自身の闇に向き合う。かくして、異文化体験による悲劇が手記の書き手太田豊太郎によって書かれながら、書き手自身が捉えることのできぬエリス発狂の所以、〈他者〉が描き出されていく。世界の臨界が描かれていくのである。

『舞姫』は大きく二つの文脈、冒頭から「その概略を文に綴りて見む。」までと「余は幼き比より」から終結部までに分けることが出来る。前者が主人公太田豊太郎の内言、後者は「日記」の文面という形式、この二つのコンテクストは同じ文体で書かれ、ここには機能としての「作者」、太田豊太郎という一人称の〈語り手〉を超えるメタレベルの「〈語り手〉を超えるもの」としての「作者」の機能が働いている。それは前述した伝統的日本の表現レベルからも西欧の真実（「まことの我」）からも遠く隔たった、「内面」を抉り取られた〈語り手〉の世界が翻訳文体を骨格とした新擬古文で綴られている。そしてそれは「神のまなざし」ではないにしても、それに準ずる世界の創出であったのである。こうして日本の近代「小説」が始まる。「言文一致」のみが唯一の選択肢ではなかったのである。

因みに『舞姫』発表から八九年後の一九七八年『群像』六月号に村上春樹の『風の歌を聴け』が発表されたとき、その冒頭は『舞姫』の冒頭同様、〃書くことの意味〃と対峙することになる。春樹が一貫して続けているのは井戸を掘ること、すなわち、表層の文化、微温的相対主義（エセアナーキー）を批判し、「内面」を掘り進め、「主体」を構築していくことである。

現在大衆文学はエンターテイメントと呼ばれている。相対的な違いでしかないが、大衆文学、エンターテイメントは「物語」の枠内にあって、小説の虚構形式ほど「内面」や「自我」、「自己」や「他者」の境界線を呼び起こすようにはなっていない。

先に小泉八雲を引用したが、あれは遠い幕末や明治だけの話ではない。パソコンネットワーク、携帯電話で連結されている現代の情報社会、人と人の間にはこの虚構の徴《しる》し、さまざまなファジーな見立てがあって、いっそう大きくこれらが行き交い、内側から人々を動かしているのではないか。例えば、吉本ばななに『NP』という小説があるが、ここに登場する人物には内面の奥行き、その空間がない。それを批評的に描き出しているかどうか、そこにこの小説に価値があるかどうかのポイントがある。

V 文学研究の「特権」性

文学入門

ところで近年、近代文学の研究の前衛は文化研究（カルチュラル・スタディズ）に移動し、文学研究が文学の価値を認めないという異常事態が続いてきた（これに関しては「続『小説』論ノート（文学の立証責任）」で論じる）。前述したように、現状は魯迅の『故郷』を「たんなる差別小説」としか読めない論文が逆に評価されたりしている。

小森陽一氏の『出来事としての読むこと』（平成8・3、東京大学出版会）は、冒頭、東京大学の講義科目の名称が「文学講読」から「日本語」「外国語」「テクスト分析」などのように改名される報告から始まっている。氏は「第一に、ある特定の言語表現を『文学』という特権的な領域に囲い込むのではなく、言語で表現されたもののすべてを、『テクスト』として対等にとらえ、それらの相互関係を問題にしていく、という姿勢と、第二に、『テクスト』を扱う、科学的で理論的な分析方法を習得し、その方法に基づいた批評的実践を行うという方向性が含意されていると、わたしは考えています。／したがって、この講義では、『文学』という領域を懐疑すると同時に、その中で自明化されてきた読むことをめぐる方法の総体に対して、批判を展開していくことになります。」と断言する。「文学」を他の言語表現と対等にとらえるという、今日ではあるいは文学研究の常識になっていることに関して考えてみたい。

　そこで氏は読書行為に対して、「つまり、読むことは、一瞬一瞬立ち現れる他者であるところの表現者の使用した言葉や構成した文に対して、その他者とは異質な言語システムをもった読者である『わたし』が出会いつづけていく運動にほかなりません。」と述べ、読みを「一回的なもの」とする。原理的には誠に正しい立場としなければならない。

　思うに、〈読み〉とは一つの〝表れ〟に外ならない。拙稿「消えたコーヒーカップ」（『社会文学16』平成13・12）で取り上げたが、大森荘蔵は「真実の百面相」（『流れとよどみ―哲学的断章―』昭和56・5、産業図書）で、「真実とは貧しく偏頗なものでなく豊かな百面相なのである。」と言い、極めて説得力に富む例を挙げている。彼は海面を道路と見誤ったドライバーは命を落としかねないが、そのドライバーにはそう〝表れ〟たのであり、そこに「真実」と「虚妄」の相違はないと言う。ドライバーはすなわち、「動物的でありまた極めて文化的でもある分類」のなかで誤ったに過ぎないと説明する。これを言い換えると、世界は〝表れ〟なのである。文学作品の読書行為もそれぞれ一回性の行為であり、〝表れ〟である。そこに「真偽の分類」はない。そう〝表れ〟たのである。一つの読みと次に読まれた読みとは違っているが、どちらが真実でどちらか間違いというのではない。「真実に対して」誤ったのではなく、「真実の中での『誤り』」に過ぎない。〈読み〉は、解釈はと言い換えてもよい、その意味で徹底的に誤読、恣意、「真実の中での『誤り』」なのである。

「表層批評」の提唱者蓮實重彦氏は「真偽」の問題をくぐり抜けて、この立場に立ち、特に八〇年代以降文芸批評とアカデミズムの双方に大きな影響を与えた。〈読み〉の実体性を根拠にした「作品論」の発想を根底から否定し、その解釈共同体の文化を覆したことは広く知られていよう。日本文学研究にも、「表層批評」であるテクスト論を浸透させた。これまでの「作品論」がもしも〈読み〉の「真偽」を競っていたとすれば、これは基本的なところで誤りを犯していたと言わざるを得ず、「旧作品論」とでも呼んで、批判すべきだと私は考える。六〇年代ロラン・バルトがバルト＝ピカール論争で明らかにしていたように、作品の意味を読み手が任意に付与するのは「批評」ではあっても「科学」ではなく、こうしたものが、文学研究とすれば、これまでの文学研究はやはり文化研究（カルチュラル・スタディズ）に移行していくしかない。こう考えれば、「小説」の言語にも特権性などあろうはずもなく、「『テクスト』として対等にとらえ、それらの相互関係を問題にしていく」ことの正当性は疑うことはできないかに見える。

　ところが、私はこれに従えない。何故なら、文学及び芸術の研究における〈読み〉とは、そもそもそうした「世界観上の真偽の分類」のなかの行為を目指すのでなく、「動物的でありまた極めて文化的でもある分類」に価値を見出だそうとする「批評」行為の分野なのであり、一人一人、一回一回の読みの相違、誤差にこそ文学作品の読みの深まりを求めるべきものだからである。これをどう論じるかにしか読書行為における「科学」の問題はない。「世界観の真偽の分類」のなかで文学作品を扱うとすると、「文学（エクリチュール）の科学」に閉ざされるのは必須であり、ここには文学の力は働かず、「作者の死」や「作品からテクストへ」から一歩も抜け出せなくなる。そうではなく、最初から「批評」である「真実の中での『誤り』」を求めるのであるが、一旦この「誤り」という自覚を持ったうえで小森氏の言うような「言語で表現されたすべてをテクストとして対等にとらえ」るのでなく、一回一回の読みの誤差に価値の相違を認め、そこに文学の可能性や普遍性を探ろうというものである。そこで一旦「作者の死」「作品からテクストへ」に遡って、「テクスト」概念をもう一度、昨年本格的に再検討してみたが、バルトが「テクスト」概念を「単なる物質の断片」とするのも選択肢のひとつに過ぎず、文学作品の読みの根拠、その存在理由（レーゾン・デートル）とは、〈本文〉にプレ〈本文〉という〈原文〉の影が働くところにあったのである。今さらこうしたことを言っても多くの意欲的な文学研究者にとって季節はずれの妄言に聞えようが、私にとっての文学作品の読書行為は実体そのものを捉えるものでないのは当然であったにしろ、アナーキーそのものではないというのをようやくこのとき自分なりに論拠立てることができた。このことの根拠は拙稿「〈原文〉という第三項」（『文学の力×教材の力』理論編 平成13・6、教育出版）に詳しく論じたので、ここでは繰り返さないが、そこに立ってみると、文学の読書行為では読み手自身の内部に向かうことが可能だったのであり、読み手の〈いのち〉

を働かせるべく、読み手の内奥を掘り起こすことが文学の復権、文学再生にとって必須だったのである。私がこの立場に立つもう一つの理由は八〇年代以降、「物語」批判が「小説」批判にスライドして、「小説」の軽視もしくは否定が起こってきたことへの不満があるからである。蓮實氏の一連の仕事は、「物語」＝「制度」批判をすることで結果として「小説の力」を後退させてしまった。ここにはあきらかに功罪があったのであり、これに対して「物語」の復権や可能性を説くことも重要だが、「物語」を抱え込んだ「小説」こそ、「宗教」と対比してその文化的可能性を言う必要があると私は考えている。だが、これまで「読みはアナーキーではない」と言えば、必ずもう一方の実体主義の立場と誤解されてきた。そこで〈本文〉を実体化する立場とも峻別しておく必要があることを強調しておきたい。〈本文〉に客観性があるという立場がいかに誤謬であるか、その端的な例は既に旧聞に属し、論証を省くが、小泉浩一郎氏が「書評田中実著『小説の力　新しい作品論のために』」（『国語と国文学』平成9・7）で、「〈本文〉の客観性」を前提にして論じているところにまぎれもなく現われている。それは決して小泉氏一人に限らないのではないか。「用語」だけが「作品」から「テクスト」に変えられている今日の研究状況そのものをも示しているように見える。

そこでここでは旧稿をもう一度、私が国語教育の論文としてはじめて書いた一九八七年『日本文学』七月号「〈教材〉の力―『高瀬舟』と安房直子の『鳥』―」の末尾を長いがそのまま引用することをお許し願いたい。（但し、この時は「読みのアナーキー」と「エセ読みのアナーキー」の区別を十分には理解していなかった。それを思い知るためには「〈他者〉へ」という翌年『日本文学』七月号の論文が必要だった。打ち明けると、ここで左の以前の文をそのまま引用するのも、方法論の季節が過ぎると問題がなかったかのように透谷が指摘した「移動」(『漫罵』)しか起っていないと私が疑心暗鬼しているからである。)

かつて私がある座談会に出席したとき(注「座談会　文学教育における〈読み〉―『舞姫』を読む―」『日本文学』昭和60・8)、「読みのアナーキー」を心配する発言があった。それは多くの研究者の不安の代弁でもあろうが、「読みのアナーキー」を懸念するよりも読みの統一性の危険な陥穽こそ憂慮すべきではないか。その研究者は「教師が優れた読み手であるという事」の肝要さを説いているが、私は教師は必ずしも優れた読み手でなくてもよいと言っておきたい。それは教師を単に安心させるために言いたいのでなく、その逆、自己の〈読み〉が相対的な解釈の一つでしかないという〈自意識〉を持つことが必須だと言いたいのであり、むしろ、教師は生徒の優れた聴き手であることこそ肝要である。近代文学研究者の多くは「少なくとも読みの客観性というものはあると思う」との発言に共感を寄せ、またそうでなければ何のための研究かと考えていると思うが、そうではなくて、現代に生きる我々にとってもともと〈読み〉とはアナーキズムのなかにあるのであって、それを認識することの欠落が〈読み〉の客観性、統一性、唯一性の実在を信じ込ませるのである。そしてそれが自己の〈読み〉の追求を中途で中止させ、〈他者〉(生徒)からの問いかけに耳をふさぎ、絶対化への傾斜を許してしまうのである。〈読み〉とは自己の経験のなかでの統一性や整合性、自己発見へ向かっているのであって、〈正解〉は夢、〈読み〉の客観性とは幻想に外ならない。〈正解主義〉は〈読み〉を権威化し、ヒエラルキーを絶対化していく。従って、生徒にたいして特権的な立場、管理的な立場に立たされている教師にとって〈読み〉とは、生徒とは相対的に異なる別の解釈をする行為でしかなく、生徒達は海、寄せては返すごとに異なる波の音を聞きとり、受けとめる至難は言うまでもないが、教師を含めて抑圧された生徒達の多種多様な〈読み〉を許す〈教材〉こそ、それを受けとめる可能性に満ち満ちているのである。

確かに研究の動向は文学作品の文章を「テクスト」概念（「単なる物質の断片」というロラン・バルトの認識）で捉える立場が進んでいるかに見え、その実、この十五年前の状況論とさほど変わっていない面も看過できないと思う。全体が二極分解のまま、和風てくすと論のナンデモアリが相変わらず続いているのではなかろうか。

最後に繰り返しておきたい。私は、〈本文〉の解釈は恣意であることを一旦認め、しかし、その恣意のなかに〈原文〉の影＝プレ〈本文〉が宿っていて、アナーキーそのものでも、実体そのものでもないと考えている。つまり、「旧作品論」者の実体主義にもテクストを信奉する相対主義《アナーキズム》にも組みすることができない。この一見、どちらつかずのように見える立場に立ち、〈本文〉の実体を峻拒し、実体性を追求していこうと言うのは、プレ〈本文〉を探ることが読み手に〈いのち〉を宿すと考えるからである。〈読み〉とは〈作品の意志〉に促されて、なんらかの〈読みの動的過程〉を辿ることと私は思っている。「キーワードのための試み」（『文学の力×教材の力』理論編　平成13・6、教育出版）に述べたので、それらの基本用語にここでは言及はしないが、文学の神聖化や特権性を支えていた言語の実体主義を排撃していく必要があり、そのためには一旦、「言語で表現されたものすべてを、『テクスト』として対等にとらえ」ていくにしても、その相対主義《アナーキズム》を斥け、新たに読み手の〈いのち〉を生かすべく、「文学のことば」に内在している〈構造と仕掛け〉を顕在化させ、読み深めていく方法の探求が要請されていると私は考える。「表層批評」ではなく、「深層批評」によって〈文学〉は生かされる。だが、その際の読みの急所は拙稿「消えたコーヒーカップ」で述べた「主体が捉える対象（客体）の彼方」、絶対性を問うことである。それはいわば捉えた客体の〝向こう〟を問うて、そこから再び現実の方を見返して見る、折り返しの地平を捉えるようにして、読むことである。そうでなければ、実体主義に転げ落ちてしまう。

小説なら小説独自の〈仕組み〉、説明文ではない芸術の文章の読み解きが要求される。

一般に絵画でも音楽でも彫刻でも、それぞれの芸術にはそれぞれの可能性がある。〈ことばの芸術〉もその一つであり、仮に俳句なら俳句、和歌なら和歌を選択すれば、その固有の領域の可能性を極限まで開こうとすることが、文化を底上げすることであろう。もし「小説」を対象にするとすれば、「小説」の〈ことばの芸術〉としての可能性を極限まで引き出すことが課せられる。

その意味での「小説」の「特権」性、すなわち固有性を手に入れなければならない。文学の研究もそこに使命があるし、「たのしさ」もあるはずである。私は文学研究と国語教育研究を通してこれを実践していきたいと願っている。

正岡子規の新体詩の試み

阿毛久芳

正岡子規の新体詩については、日夏耿之介が「俳壇改革者の新体詩」で、「全然見るに足るものなく、一口に云へば、かれの俳句を引延ばして、そのこゝろを新詩と見た類のもの」「枯燥した説明のみあつて、感情の律呂ある進行も、いみじい想像の展開もない駄作」（『明治大正詩史』）と評するように厳しい。

宮田戊子著『正岡子規の新研究』（昭和十年六月、叢文閣）でも、「俳句的なもの、引きのばしであるだけに平淡」「総じて彼の新体詩は形式の上の整正といふことのみに制せられて、新鮮・自由・奔放な点に乏しい」と追い打ちをかけるような評言が続く。粟津則雄も『正岡子規』（昭和五十七年三月、朝日評伝選）で、見るに足るものはないといい、彼の資質は新体詩にそぐわなかった、と否定的評価は継続している。

子規の新体詩は全九十八篇中、明治二十九年に二十七篇、三十年に四十八篇と集中して書かれているが、明治三十一年には七篇と激減し、以降「歌よみに与ふる書」にみられるように短歌革新の方へと力を移行させる。後は俚歌、唱歌、笑歌が散発的に書かれるだけである。一時的な試みに終わった観のある子規の新体詩なのだが、ただそこから見えてくる問題は、駄作の一言で済まされるものではないと考える。

＊

子規が本格的に新体詩を創作する以前、「筆任勢」第二編の「上京紀行」に「床待の歎」という詩がある。明治二十三年一月二十三日から二十六日の記で、第一高等中学生の正岡升が松山から東京へ向かう途中、神戸までの出来事を記述した末尾に出てくる詩である。

強風となる恐れがあるとの警報を受けながら、子規は平穏丸という船で松山から三津へ、三津から船を代え今治を経て新居浜へ、新居浜から多度津へ、多度津から汽車で丸亀の知人（増田正春）を訪問する。知人は留守だったが、そこでご馳走になり家人の大叔母や夫人と雑談をした後、多度津へ戻る。多度津から「きんりやう丸」という汽船に乗り神戸へ向かうというあわただしさである。

松山を出立する時の歌が、「松山の小町もあとになり平や／きせんにのらん風に大伴」といった具合で、小野小町、在原業平、喜撰法師、大伴（家持）など百人一首中の歌人の名を掛け詞風に折り込み戯れている。海が荒れ、神様、仏様、基督様とばかり「金毘羅大明神　帰命頂礼　六根清浄南無アーメン」と祈るが、とうとう気持ちが悪くなり「ゲロ〳〵〳〵」とやる。

それを即座に「平穏と祈りしかひもあら海や／金毘羅さまへあげし小間物」「便たづね乗りて野暮流や丈鬼船／まゝ吐き出して泣いた正岡」と汽船の名を読み込み、吐瀉物を金毘羅さまへ寄進する小間物とみなし、船酔いした自分の名（升）も掛け言葉と当て字で読み込み自己戯画化する段となる。

「金りやう」についても、「何斤量がついたと　笑はしやァがらァ」と「独りぐづ〳〵」言いながらも、そこにはぐらかす機転をみせる。そして船室をまちがえて入った〈余〉を睨み返してきた素敵な美人に心が残り、眠られず戯れにつくった「詩か歌か分からぬもの」「相の子の毛色のかわつた処」のものが、「床待の歎」である。

　いつか見そめし赤功《テガラ》　三年このかた気も楓《カヘデ》
　雪のふる日も通ひ筒　くれどなびかぬ深工《ダクミ》
　廊下静かに時は虹《ニジ》　それでも女郎はきて紅《クレナイ》

ここでも掛け詞が多用され、赤功（手絡）、気も楓（変へで）、通ひ筒（つゝ）、深工（巧）、時は虹（二時）、きて紅（来てくれない）等々同音異義から引き出される漢字と背後の異質な意味の二重性が楽しまれる。また漢字として出てきた「功―（楓―筒）―工―虹―紅」が、発声されない陰の脚韻として意識されていた。この文には金陵と思っていた名が実は金龍だったという落ちまでついている。金陵という船での妄想は夢と消えた。「アゝ金毘羅様にばかされた」という締めくくりは、言葉の虚実を翻弄し、また虚実に翻弄された自分を笑いながら、その虚実自体をおもしろがってもいる。

一　一寸マッチを貸してくれ「今出すからマッチ給へ

一　小刀かさないか「そんな者はナイフナイフ

一　あの男も英雄だつたが、哀れな西郷をしたなァ

一　けふボールを打たうと思つたのに、これでは雨天ねへ

これら「一口話し」に出てくる戯れは、駄洒落そのものであり、たわいがない。だがこの言葉遊びからは「床待の歎」で「御笑覧あらまほし」と記し、読者・世人をともに言葉の戯れ――意味と音によるはぐらかし、化かす仕掛け――に巻き込もうとする気持ちがうかがえる。

「床待の歎」の「詩か歌か分からぬもの」の曖昧さは、北村透谷の「楚囚之詩」（明治二十二年四月）に付けられた「元より是は吾国語の所謂歌でも詩でもありませぬ、寧ろ小説に似て居るのです。左れど、是でも詩です、」という曖昧さと近いようだが、しかし、従来の歌と詩の否定を媒介とした透谷の詩への自負と戸惑いは、子規のたわむれの曖昧さとは対極のものといえよう。粟津則雄が言うように「習作とさえ言いえぬ『戯れ』にすぎぬ」と切り捨ててもいいのだが、ただ戯文が誘ったこの所在不明の場は、子規が日本語の特性を手玉に取りながら、その戯れを創造のトレイニングとしていたとやはりみたい。

その後「Idea ガ文章ノ Essence ニテ words ヲ arrange スル方ハ element ニハ相違ナケレド essence ナル idea 程大切ナラズ」「去リ乍ラ Rhetoric ヲ廃セヨト云フニ非ズ Essence ヲ先ニシテ

form ヲ後ニスベク Idea ヲ先ニシテ Rhetoric ヲ後ニセヨト云フナリ」（明治二十三年「筆任勢」第二編）との助言が夏目漱石から子規になされる。そこには文字の美、章句の法にこだわり、手習いしていることへの批判がこめられていた。スタイルや技巧による表層上のおもしろさではなく、そのスタイルを生み出す詩人の Idea へと批評の眼を向けることを促したのである。

子規は一月十八日の返書で、bad Rhetoric によって表現された good Idea と good Rhetoric によって表現された bad Idea との価値の優劣はつけられず、Rhetoric を重んじてよいではないかとしたが、後に高浜虚子宛書簡で、子規は「新体詩が面白きとかつまらぬとか申事は詩体《ツホーム》の上にあらずして観念（idea）の上に属し申候　其観念さへ面白き者なれば如何なる詩体ニテモ面白きこと間違いなし」（明治二十四年十二月三十一日）と伝えている。〈観念〉への注視は、漱石の助言が子規に深く刻み付けられたことを表わしているが、言葉への戯れは詩体の上にとどまらない観念に関わるものを含んでおり、問題はそう単純ではない。

＊

子規の「鹿笛」（『日本人』第二十四号、明治二十九年八月五日）は、本格的な新体詩の試みである。やはり「近者蘭更集を読む。中に　鹿笛に谷川渡る音せはし　といふ句あり。巻を掩ふて嘆じて曰く、嗚呼僅々十七文字、何ぞ其余音の嫋々たる。乃ち之を附演して長歌を作る。世人幸に蛇足を笑ふなかれ」という詞書が注目される。蘭更の句が詩の源になったのである。

藁頭巾、種が島、

火縄片手にうちふりつゝ、
宵闇に紛れ立ち出でつ。
小道尽きたる八重葎、
茨かきわけ茅踏みつけ、
山又山深く入る。
左にめぐる岨陰の、
かなたにものゝ音聞こゆ。
怪しこゝに何物ぞ。
暗き中より透かし見つゝ、
一足うしろに身を構へ、
銃取り直す折も遅し、
鹿は木の間に隠れ去りぬ、
森闇く星見えぬところ。
惜き事したりさりながら、
ゆふべはしなく知り得たる、
通ひ路こそはたのみなれ。
阪を上り阪を下り、

渓にはなれ渓に沿ふ
行けども〳〵目じるしの、
見えざるは道や迷ひけん。
忽ち起る風の音、
萩動揺、葛撩乱、
月代上る山の端に、
兀と一本杉高し。
こゝなり〳〵この峰なり。
このむら薄に隠れ居て、
彼等の来るを待つべしや。

冒頭「一」の全文である。藁頭巾、種が島銃で装備し、火縄を振って歩く猟男の姿。小道の尽きた先の山の中に踏み分け入り、彼方のものの音に銃を取り直している間に鹿は木の間に消える。猟男は一旦道に迷うが、目印の杉を見つけ鹿を待つことにする——という場面。藁頭巾、種が島、八重葎と漢字の表意性を用いた名詞止めは、後半の「忽ち起る風の音」以降の「萩動揺、葛撩乱」でも有効にイメージを喚起させる。「『客観の事物ばかりを現す』ことを重視するという俳句において得た方法を新体詩にもあてはめた結果」（栗田靖「正岡子規の新体詩」、『語文』昭和五十年三月）ともいえる部分であろうが、叙述の語りばかりでなく、「怪しこゝに何物ぞ。」「惜き事したりさりながら、／ゆふべはしたなく知り得たる、／通ひ路こそはたのみなれ。」「こゝなり〳〵この峰なり。／このむら薄に隠れ居て、／彼等の来るを待つべしや。」という猟男の心中思惟、つぶやきを折り込み、森閑とした山の中から聞える鹿の気配や峰に出て突如吹き起る風の外部の音と対応させている。蘭更の句に至るまでの子規のイマジネーションを示している部分である。

韻律については五音・七音が基調としてあるにしても、冒頭の〈五・五〉〈七・六〉〈八・五〉……というようにはみ出す音数が俳句的な調子を破り乱していく。「茨かきわけ茅踏みつけ」でも〈七・六〉だが、〈kakiwake・humituke〉での四音の連続とe音の重なりが、調子のバランスをとっていく。心中思惟・つぶやきの音数も「怪し〈三〉こゝに〈三〉何物ぞ〈五〉」と息せき切った呼吸としてあり、また「こゝなり〈四〉〳〵〈四〉この峰なり〈六〉」ではほっとした気持ちを、変調して示すが、それでもkoの音の重なりが調子にバランスを与える。このような点からいっても単なる俳句の引き伸ばし、焼き直しとはいえない。

「二」は蘭更の句に重なる場面。猟男は鹿笛を吹く。すると鹿のかすかに妻恋う声がする。静まった中、鹿がせわしく谷川を渡る音がする。男鹿が現れ、妹を尋ねる冴えた声が響く。鹿笛の音は「腹ごもりの鹿の子の、／其皮」で作ったものであり、吹く猟男でさえ膚寒く成るほど凄絶に響く。

　鹿笛口に押しあてゝ、
ひいと吹きぬ。やゝあつて、

又ひいと吹きぬ。　吹きさして、
静まり居ればざばくと、
谷川渡る音せはし。

蘭更の「谷川渡る音せはし」の一節をそのまま取っているところを見れば、俳句の引延ばしともとらえられようが、鹿笛の凄絶な「ひい」の高い響きや、水の「ざばく」というオノマトペ、「吹きぬ・吹きぬ・吹きさして」のリフレイン、「あて、・あつて・さして」の te の脚音は、俳句を〈附演〉する上で、子規が詩に何を付け加えようとしたかが、明らかに示されているところである。

詩とは、何かの形式のリズムによる、詩心（或ひは歌心と云つてもよい）の容器である。では、短歌、俳句とはどう違ふかと云ふに、その最も大事だ思はれる点は、短歌・俳句よりも、度合的にではあるが、繰返し、あの折句だの畳句だのと呼ばれるものの容れられる余地が、殆ど質的と云つても好い程に詩の方には存してゐる。繰返し、旋回、謂はば回帰的傾向を、詩はもともと大いに要求してゐる。平たく云へば、短歌・俳句よりも、詩はその過程がゆたりゆたりしてゐる。

「詩とその伝統」と題した中原中也のこの「ゆたりゆたり」の指摘は、子規の新体詩においても有効であろう。

蘭更の句については、坪内稔典氏が「子規の新体詩」（『日本文学の重層性』昭和五一五年四月）で、子規編の『俳家全集』高桑蘭更篇の鹿の句を紹介し、子規の「鹿笛」とつながっていることを、指摘している。

子規の『分類俳句大観』の秋の部、鹿笛にもこの句は出典書名なしで出てくる。『登白三傑集』には、「鹿笛に谷水渡る音せはし」とあり、また「南無庵蘭更発句集」(京都大学・頴原退蔵本)に所収されている「見廻して又啼にけり月の鹿」「山ははや立帰りつゝしかの啼」「こがれ来て水にも入や谷の鹿」等の句も、「鹿笛」の場面にマッチしている。子規のイマジネーションを支える句であろう。これらの句の集約として蘭更の句の一節は、確信犯的に詩の一節として織り込まれ、詩に吸収されたのである。

子規は蘭更の句の一節の後に、鹿の声を標に猟男が鉄砲を撃ち、あとは「猟男の肩に鹿一つ」ということで、打ち殺した男鹿を肩に担いで月をたよりに猟男が帰る姿を設定した。「雷轟々、山震ひ、木魂すさまじや」という銃声の衝撃と、その音によって「ものすごくなる空」の心理的な色合いが照らし出される。

「三」は「天地動かすもの、音」に胸騒ぎを覚えながら夜を明かし、我夫を案じる妻の鹿が描かれる。

萩の花散る花むしろ、
月にあかせしむつ言も、
小笹が原の露の床、

雨に忍びしかね言も、
松の緑のもみぢして、
山、海となるときもあれ、
かたみに心かはらじと、
思ひます穂の糸薄、
乱れくるしき此頃よ。

男鹿、女鹿の取り交わしていた睦言と兼言の様が、秋の晴れた日の夜と雨の夜ということで対句的に対照される。そしてその睦言と兼言は、松が紅葉となり、山が海となることがあったとしても（万が一にもあり得ない事だが、その万が一があったとしても）、死んだ後までも心は変わらない、ということであり、その思いを増す、その真緒の糸薄が乱れるような切なくも苦しいこの頃であることよ……といった内容なのだが、掛け詞により心中思惟は自然の様態にさりげなく移行している。胸騒ぎは、「黒雲走り風吹き荒れ、／大木を抜き石をとばす」天候に呼応する。

続いて「しゝむらふるひ肝つぶれ、／心も心ならねども」と怯える女鹿から、「空しく待ちわびたまふらめ・思はぬ谷に踏み落ちつ・かつらに足をすくはれつ・第三の峰の岩端に、／イみてこそ居たりけれ」と男鹿の居場所を不安に想像する女鹿への心中へと叙述は入り込んでいく。耳そばだてて聞こうとしてもきこえるのは「嵐ごうく水くわくく」という音であり、夜毎女鹿は泣き明かすが、「つきは薄に上れども、／それとおぼしき影もなし。」ということで詩は終わる。

男鹿の欠落した姿を陰画として月夜に映し出していることになる。

藤川忠治は『正岡子規』（昭和八年九月、山海堂出版部）で、「鹿の恋を中心とし、動物の世界の愛欲と無常を歌つたもので、同時に人間世界の愛欲と無常を暗示的にうたつたものと見るべきであらう。この意味に於て、抒情的であるが、猟師が藁頭巾をかむり種子島をかた手に山深く入つて、鹿の来るのを待つといふところなど叙事的でもあり、叙景的分子も多い。」と評している。むろんこの指摘にある〈抒情・叙事・叙景〉がいかに複合的に描かれたかが、新体詩としての子規の新機軸であっただろう。

叙景に関しては、「小道尽きたる八重葎」「忽ち起る風の音」「小笹が原の露の床」「思ひます穂の糸薄」「行く手に見えし人の影」等の七・五の音数律と体言止めで、鮮明なイメージを提示している。

また音韻上においても「草むしろ（o）―むつ言も（o）―露の床（o）―かね言も（o）―もみぢして（e）―なるときもあれ（e）」とか、「声やすると―聞くとすれど―声もせず―声もせず―呼べども―なかりけり―待てども―なかりけり」というように繰返し、旋回しており「ゆたりゆたり」している。後に子規は押韻の試みをするのだが、この詩においてはむしろ押韻の窮屈さはなく、柔軟に「ゆたりゆたり」している。「物語る可能性を追求」（野山嘉正「子規の新体詩」、『解釈と鑑賞』平成二年二月）する上で、それを支える技巧上の試みも新体詩だからこそなされたとみてもよいだろう。

＊

明治の社会において忠孝の儒教倫理は、立憲君主国家を支える骨格であったし、新体詩が詠んだテーマでもあった。子規の「父の墓」（『日本人』第二十五号、明治二十九年八月二十日）や「戈」（『日本人』第二十六号、明治二十九年九月五日）もその系列に入るものであろう。

父の御墓に詣でんと
末広町に来てみれば
鉄軌寺内をよこぎりて
墓場に近く汽車走る。

明治二十八年三月、松山に帰省し法龍寺の父の墓を詣でたことに基づくこの詩の「一」は、鉄道という近代化の波が墓場の近くにも及び、近代化の片隅の荒れ果てた墓の前で合掌し涙する〈われ〉が記されている。家興、立名、学問が成る以前に病魔に侵されていること、残された母を慰めようと思っていたことも無駄になったこと、「何事も過去に成らざりき。／未来も成ることなかるべし。」という無念の思いと、去った後には墓が荒廃するであろうが、どうすることもできない慚愧の念をもって今生の暇乞いを述べるところで、この詩は締めくくられる。

この詩においても対句による繰返し、旋回は起こっている。

わが去る後は、草むらの
人より高く生ひ茂り

御墓隠さん。さりながら
そを刈る人もなかるべし。
わが去る後は、彫りつけし
法の御名の読めぬ迄に
苔や蒸すらん。さりながら
そを掃ふ人もなかるべし。

我も、草むらの墓も、草むらを刈る人も、墓の法名も、法名を掃う人も、いないし、見えないし、また何もできないという予想である。さらに粟の畠の月に鳴く蟲はいるが、露を押し分けて吊う人はいないだろうとも予想する。無いと感ずることが抒情を発生させている。「二」と「四」の末尾に出てくる「父上許したまひてよ。／われは不孝の子なりけり。」の一節は、志半ばにして挫折したことへの青年の悔恨の思いが吐露されている。家長としての意識が父へ謝罪の言葉を向けさせているのだろう。

この詩について中村稔は「子規の新体詩」（『文学』昭和五十九年九月）で、与謝野鉄幹の「断腸録」と比較し、立身出世を志しながら蹉跌した絶望の淵から親不孝をわびる点で、二篇は共通な発想だが、子規の不幸は「病魔」という外部からの災厄であるのに対して、鉄幹の場合は不幸、不孝の原因が社会秩序との違和、乖離といった感情に発する詩人であったことにある、と論じている。

「父の墓」から四十年以上も経った後、晩年の萩原朔太郎が父の墓に詣でて詠んだ詩がある。

わが草木《さうもく》とならん日に
たれかは知らむ敗亡の
歴史を墓に刻むべき。
われは飢ゑたりとこしへに
過失を人も許せかし。
過失を父も許せかし。

子規、三十歳。朔太郎、五十三歳で年齢は違う。また明治と昭和で時代も違う。だが子規の「父の墓」の〈われ〉と、「物みなは歳日と共に亡び行く」（『四季』昭和十三年二月）の〈われ〉は己に敗亡の歴史を見ている。「私の生涯は過失であつた。だがその『過失の記憶』さへも、やがて此所にある万象と共に、虚無の墓の中に消え去るだらう。父よ。わが不幸を許せかし！」と、朔太郎の自解の文は続く。子規の具体的な人や物象の無と、朔太郎の観念上の虚無との違いはある。この違いは中村稔氏が指摘する健全な生活者子規と、親の遺産の徒食者（高村光太郎、萩原朔太郎、宮沢賢治、中原中也）とに対応するものかもしれない。

だが、過失によってあるべきものが〈ない・いない〉ということが父への慚愧の念の元にあるという点では通じ合っている。朔太郎の「父よ。わが不幸を許せかし！」は、己の過失によって陥った不幸な生涯を父に詫びている。もし「父の墓」と同様に「不孝の子」として「父よ。わが不孝を許せかし！」と言った場合は、意味の通りは良く、父に対する己の不孝な態度と行為を謝罪していることになる。誤植と見紛うほどだが、朔太郎が不幸といって、不孝と直截的に言わなかった（言えなかった）ところに、不孝の意味を潜ませた謝罪の傷の深さを逆に示しているのかもしれない。

「父の墓」でも「わが手の上に頰の上に／飢ゑたる藪蚊群れて刺す。」と〈われ〉を攻め立てる飢渇した虫を点描している。〈思ひしこともあだなりき―思ひしそれさへあだなりき。…まだ成らざるに—成らざりき—〈成ることなかるべし〉—刈る人もなかるべし—掃ふ人もなかるべし—吊ふ人もなかるべし〉といった繰返し・旋回は、統御された律動感を与える。

不孝の息子を詠んだ「父の墓」に対して「戈」は日清戦争を舞台として、君への忠義を詠んだ戦争詩といえるであろう。敵の重囲の中にあって、わずか十余人ではたとえ鬼神の勇気があっても逃れようがない。君に捧げた命で、生きて再び帰るまいと別れを惜しむ妻に誓ったことが思い出されるが、捕虜となり生き恥を異国でさらすより、いさぎよく最期を遂げ名を揚げよう。寄せ来る敵を斬り払うが、一旦引いた敵が新たに寄せて来たら手負いのわれらは防ぎようがない。さあここに並んで切腹しよう……という内容である。

確かに君の為、国の為、忠義の為の死は誉れと歌い上げてはいるが、敵軍を待ち伏せするわずかな間、「この森陰に隠れ居て／静かになごりを語るべし」とか、別れを惜しむ妻を思い出すところに心情の低音部はうかがえる。ただしその低音の心情の声は、「来れ君だち・ひけを取るな・いざ進め・退くな・斬れ・斬り払へ・斬らる、迄は敵を斬れ」という声高な命令の声や「神州男児万々歳。／神州男児万々歳。」の叫声に打ち消されがちである。

『新体詩抄』には窮地に陥り突撃する兵士を詠んだ「テニソン氏軽騎隊進撃ノ詩」が収録されている。外山正一が「バクラバの戦争にて英国の軽騎隊六百騎が目に余る敵の大軍中へ乗り込み古今無双の手柄を顕はしたれども惜い哉衆寡素より敵し難く其大概ハ討死し或ハ擒にせられ無難に帰陣したる者甚僅にて有りき」と解説を付しているのだが、「戈」においては「擒」となることは「耻」として許されず、死を選ぶことが称揚されている。

同じく『新体詩抄』に収録されている詩、「抜刀隊」のリフレインは「進めや進め諸共に／玉ちる剣抜き連れて／死ぬる覚悟で進むべし」という掛け声であり、「死ぬべき時ハ今なるぞ／人に後れて恥かくな」の一節も、「戈」の声高な命令と変わりがない。君が為、忠義の為、国の為の死を誉れと歌い上げる点では地続きであり、ステレオタイプとして反芻されている。

ただ「金州雑詩（明治二十八年金州滞在中所観）」（『日本人』第二十九号、明治二十九年十月二十日）には、戦闘後の風景が詠まれている。荒廃した家と盛んに咲く杏の花（「金州城」）、金州城の戦闘で国の為に死んだ兵士の三崎山に立つ三基の墓（「三崎山」）、三崎山を越え紫に菫咲く戦場跡を尋ね来て見つけた髑髏（「髑髏」）、冷ややかな夕日に照らされた人もいない寂莫とした村（「空村」）、檐端に咲いた杏の花を目印に古巣に戻ったつばくらめの目に映る無人の家（「空屋」）など悲惨な戦災風景である。心情の低音部の声が静寂な中に聞えてくる。

「若菜」では、金州の廓の外で若菜を摘む乙女へ事情を問い、お金が欲しければ若菜と交換しよう、日が暮れて母も待っていよう、家路をさして早く帰りなさいと言い聞かせるが、「あはれこの子、国亡びしと／なれは知らずよ。」と低音部の暗澹とした心中を記す。

「胡弓」は金州城の門外で、梨の花の盛りを見るにつけ、日本の桜の風景を思い出し、故郷をなつかしむ日本兵と、胡弓と撃ち木を打ち奏でる二人の少年を描いている。去年の戦の折、親や妻に別れたのだろう、哀切な歌声から「少女は知らず亡国の／恨」「国破れて山河在り、／草木春」と歌っているのだろうと推測し、「あはれなり」と感ずる。その〈あはれ〉に、神の心も動き黒雲が低く舞い落ち、渤海湾の冷たい風が吹き、胡弓を持つ少年の手の上に舞う梨の花吹雪に目を留める。

低音部の音調〈あはれ〉は、戦場の悲惨さを浄化するかのようである。しかし、詩には、尊く見える御社で神と崇められた像が打ち砕かれ、その跡に藁火を燃やす兵士たちが出てくる。その上での「人のあはれもよそならず」なのである。「若菜」においては乙女は本当に「国亡びし」と知らなかったのか。〈あはれ〉は中国の少年の共通基盤となり得ていたのか、少年の〈あはれ〉はよそにあったのではないか。他者を検証する回路はこの詩に開いているのだろうか。

＊

「明治二十九年（絵画参照）」（『日本』明治三十年一月一日）は、明治二十九年に起った社会的事件、政治的事件、自然災害、科学上の事件を取り上げて詠んだ時事詩・時事俳句の取合せからなる作品である。この作品についても、「詩として少しの価値もない。新聞の雑報を読むやうで何の感じもない。」（宮田戊子）と酷評されている。

楚囚の思いを描いた詩として冒頭の「三浦出獄」を取り上げてみたい。この詩は獄中にあった三浦梧楼中将の立場から書かれた心情同化の強い詩である。

ひとり獄に在り。徐ろに　心やすめて坐し居れば
四方に鳥啼き花笑ひ　春風ゆるく襟に入る。
忽ち物に驚きて　くわつと睨めば黒闇々
腥き風闇を吹く。　共に獄を出づ。見上れば
青天白日気晴れたり　却つてひとり眼を塞ぎ
行く手越し方思ひ居れば　月入りはてし山中に
狼吼えて道けはし。

牢を出て人の顔見る寒さかな

獄中で、穏やかに座っている時の「鳥啼き花笑ひ／春風ゆるく襟に入る」快い状態と、物に驚き闇を「くわつと」睨んだ緊張感との落差。釈放され晴天白日のもとに立つが、一人眼を塞ぎ、これまでのこととこれからのことを思うと、見えてくるのは「月入りはてし山中に／狼吼えて道けはし」という情景である……という詩である。三浦中将を闇に吼える狼としたわけである。俳句にある〈寒さかな〉も、心中の闇や取り巻く厳しい状況を反映している。

三浦出獄を熱狂的に迎えた人々の様子を、新聞は伝えているが、朴宗根（パク・ジョングン）著『日清戦争と朝鮮』（昭和五十七年十二月、青木書店）の第六章「三浦梧楼公使の赴任と明成皇后《ミョンソン》（閔妃）殺害事件」、第七章「閔妃殺害事件の処理策と反日義兵運動」によれば、明成皇后殺害の首謀者は、三浦公使だった。

明治二十八年十月八日に起った乙未（ウルミ）事変と呼ばれるこの事件は、朝鮮国王の父の大院君が大宮に入り、「具さに奏するところあり、王乃ち院君に嘱して閣臣を黜陟す、又た詔して王妃閔氏を廃して庶人と為す」とし、宮中の宿衛と院君の従者とが闘っている混乱の中、閔妃が殺害された。日本人は大院君を護衛して王宮に入っただけだと伝えられたが、実は「一国を代表する全権公使が首謀者となって軍隊・外交官・警察さらに民間人まで動員して任国の王宮を占領して、皇后を初め宮内大臣、訓練隊連隊長、女官たちを虐殺するとともに、国王、皇太子にまで暴行をおこないながら、その加害者を無罪にする」ものであった。政府の侵略政策が、出先機関による侵略事件を独断先行させた例として論じられている。（注1）

夏目漱石は明治二十八年十一月十三日、子規宛に「仰せの如く鉄管事件は大に愉快に御座候小生近頃の出来事の内尤もありがたきは王妃の殺害と浜茂の拘引に御座候」と、当時の汚職事件と併記して王妃殺害を受けとめた気分を記している。ここには激しい権力闘争の振幅の過程で報道、形成された人物像の問題があるのだが、子規の発表の場である日刊新聞『日本』もこの事件の展開を追っている。

明治二十九年一月二十二日の記事「予審免訴の理由」は、「判決の要領は大院君の入闕を助け同時に王妃を殺害するの決意を為し一同兇器を携へ王城に至りたる事実ありと雖も此被告人の内其の犯罪を実行したるの證據充分ならず」と伝えている。記事は「武士が桜か桜が武士か朝鮮事件免訴者は其数に於ても四十七士なるは亦た一奇と謂ふべし」と、義士にたとえる論調である。一月二十五日の「三浦中将」には、肖像画入りで「『身は是れ四大の仮成、獄も亦四大の仮成なれば、二にして而も一、一にして而も二なり、平等にして彼是隔異なし、嗚呼色即是空、空即是色なる哉、相を執すれば輪廻の業となり、妄を離るれば妙果に到る、況や今此の苦報何ぞ貪着するを須ん』と十旬の久しき広島の鉄窓底下に観じたる観樹居士は此人なり、三浦中将は此人なり、其神や快川利休に同じく其貌やリンコルン、アブラハムに肖たり、吾等は今日此神と貌とに新橋の郭門に接せん」とある。苦境に動じない英雄像に描き出しているのである。

続く「三浦将軍の帰京」（二月二十六日）の記事は次のようにある。

三時四十分汽車は将軍を載せて着しぬ子は洋装にて下車せしが二ケ月の久しき獄裡に禅機を味ひしにも拘はらず神色日若として身体却て肥満せるを見る殊に疎髪長く垂れしは子の威風を加へぬ子の一同に挨拶しつゝ広場に入るや今や遅しと待わび居たる千余の群集三浦将軍万歳を連唱し歓声場の内外を震動せり（中略）露公ヒートロオー氏伊国公使オルソニー氏も亦た共に群衆の中に在り、官吏及現役軍人の出迎ひたる者殆ど一人もなし子の容貌却て渡韓前に比すれば肥大なり人あり其健康を問ふ子曰く御覧の通り肥えまして……内閣に対しては

誠に済みません

官吏や現役軍人の冷たい反応に異常な感じを受けながら、しかしこの事件を三浦側の謀略とみなし、判決に対して疑問を持ち憤りを感じたという形跡を、子規の時事詩は見せていない。むしろ子規も病臥という牢獄におり、そこから三浦の孤立した心中の闇や、山中の険しい道をイメージし、官権の冷淡な反応を〈寒さ〉として受け取り俳句に詠み込んだのである。

「明治二十九年」には、「朝鮮紛乱」という詩も掲載されている。これは二月十一日、ロシア兵が王宮に闖入して国王及び世子を自国公使館に伴ったことを指す。ロシアと日本の覇権争いを示す事件である。詩は「荒れし御園の草萌えて／珊瑚の沓の跡もなし」と、天子が去り、荒れ果てた宮殿の庭が詠まれ、「鴉鳴く明禮宮の柳かな」の句が付けられた。「金州雑詩」の戦闘後の〈あはれ〉と同じ情趣が、この紛乱後にもある。その〈あはれ〉への感受は鋭い。しかし覇権争いの犠牲となっている朝鮮に対しては、どれほど鋭かったのか。「馬匹天覧」には「雲の峰千里の駒の並びけり」の句にあるように、御所の内で天覧を受ける軍馬が詠まれているが、「金州望む山の上に／足踏み鳴らし北風に／高くいばへし者もあらん／旅順の霜に蓋平の／雪に蹄の跡つけて／敵に向ひし者もあらん」と日清戦争の極寒の戦場を出し、「砂あた、かに風涼し」という御所の栄えある場を対比させている。

六月十五日に起った「三陸海嘯」には、子規は「太平洋の水湧きて／奥の浜辺を洗ひ去る。／あはれは親も子も死んで／屍も家も村も無し。」と書いた。(注2) すべて無に帰したところに〈あはれ〉

が生じている。付けられた句「人すがる屋根は浮巣のたぐひかな」は、膨大に発信された新聞情報にある挿絵の一景から得たものであろう。自然災害は他でも書かれ、「東北地震」には「火宅の住居今さらに／心安くもなき世かな」を受けて「地震さへまじりて二百十日かな」の句が、「府下出水」には「都かな悲しき秋を大水見」の句が、それぞれ付けられた。

時事詩、時事俳句という形ではあるが、子規における〈あはれ〉と他者との関係は、問題とされなければならない課題だろう。

＊

明治三十年一月一日の『日本』には、「明治二十九年（絵画参照）」とともに「筆はじめ」も掲載されている。初日の赤富士と天地四方を拝する天子を歌った「鶏一声」や、千代田城の溝辺の水面を「凋まぬ操とこしへに／写す鏡の塵もなし」と意味付けた「松影映水」が収められているが、〈自然―天―君（天皇）―国家〉の連なりを敬意するナショナリズムの美意識が、やはり強く出ている。

しかし日本の正月を寿ぐ人々を描きながら、「人一人」では一転して「上野の陰に戸をさして／雑煮も喰はず屠蘇も飲まず／蒲団かぶりて昼も夜も／風の音聞く人一人。」という竹の里人のユニークな居場所が示される。明治三十年の子規の正月は、ひたすら風の音を聞く、そのものの中にある（だろうという予想のもとのに書かれた）。この特殊な有り様は、子規がカリエスで病臥の人となったことが原因なのだが、「病の窓」（『日本人』明治二十九年十二月二十日）から浮かび上がってくるのは、横たわる床から起り来る現象を鋭敏に受信する姿である。

〈吾〉は病の床に臥してから二十日経ち、読み書きもつらい状態である。太陽の光によって障子に映る影の一日の変化を、「美の神が／わがつれづれを慰めし／天然界の幻燈」として見ることが、この詩の眼目となっている。物干しと竹竿、干してある足袋、その足袋にとまる蜻蛉。そして障子の外に飛び去った蜻蛉の次に、窓にとまるのは胡蝶の影である。

休む蝶と「わづかに隔つ紙一重、／茶色ぞ透きてうつくしき」と〈吾〉は見る。その影の淡さから、翅の透いた美しい蝶がイメージされる。そして夏の炎天にも秋の初風野分にも吹かれて死なず、今迄生きながらえた蝶に、〈吾〉は「あはれよ」と呼び掛けた。さらに「昨日も、今日もいたづらに／昔の明日の夢の跡、／待ちにし明日は終に来で、／明日なき明日ぞ来りける。／楽しかりしは昨日にて、／明日程うたてき者はなし。／あはれは汝の末路かな、／来年花は開くとも、汝はまた此世にあらじ。」とし、〈吾〉は蝶のはかない命を「あはれ」とつぶやく。

しかし、逆に蝶は〈吾〉に執着多き心をもった人間の方がむしろ「あはれ」であり、「五欲の外に風に乗る」蝶を人間の基準で推し量ってはいけないと諭し、「さらば」と告げて消える。自己内対話の深い層に蝶の影は届いている。後は刈り残された一本の冬枯れ芒が映るばかりで、飛ぶものの影はおぼろによぎり、落葉の障子にさわる音、塒を求める鳥の声、友と別れる童の声の聴覚の世界となる。庭の樫の木の薄い影が日が沈むにしたがって障子に広がり、薄暗くなり、そして「天然界の幻燈」は終る。時々刻々変化する影を詩は映しとっている。眼を塞ぎ、目蓋を透かしてひとみ迄来る物が何かを詩は告げてはいないが、徐に見た小窓に「鬼火の如く」照らす月の光と、激しく吹きながらも「木の葉も落ちず、塵程の／物だに飛ばず」という影なき風の音は、心の光と風の様であろう。

宮田戊子は、蝶の言葉を借り物の仏教思想で、「とってつけたようで、強く迫るものがない」と言い、窓に来た蝶を哀れむ趣向もありふれていると断じる。しかし樫の木の影の変化に太陽の運行を思い、眼を塞ぎ、目蓋を透かしてひとみ迄来る光と音の世界を感受する、その囚われ人の意識から生ずる意力は、借り物とは思えない。

なお子規はこの詩の前に、春夏秋冬の虫を詠んだ「小蟲」（『日本人』明治二十九年九月五日）という詩篇で、菫に舞い落ちた春の「胡蝶」を描いていた。しきりに蝶はささやき、菫は嬉しくうなずくという、愛の交感がある。しかし、続いて別れが来る。

仮の契りに紫の
露やこぼして別れけん。
再び蝶は帰り来ず、
菫は終に萎みけり。

これらの別れる蝶は、楚囚の意識とあいまって、北村透谷の一連の秋の蝶を想起させる。「夢とまことの中間」に舞い行く蝶（「蝶のゆくへ」）、破れし花に眠ったまま「『寂』として、／花もろともに滅えばやな。」と願望する蝶（「眠れる蝶」）、夕告げわたる鐘の音に驚いて立ち、振り返りつつ去る二羽の蝶（「雙蝶のわかれ」）を、明治二十六年に透谷は詠んだが、子規は三年後、「病の窓」でその先の冬の蝶を詠んだ。病臥という閉塞状況が、子規を透谷の蝶の位相へ結びつけたのかもしれない。

＊

子規の押韻詩の試みは明治三十年よりなされている。[注3] 明治三十年二月十七日の漱石宛書簡には、「実にむつかしい　更に句切の一致をやつて見た処が更にむつかしい、更にむつかしい程更に面倒くさい、更に面倒くさいほど更ニ面白い、（中略）一篇を作るのに四日程かゝつた　頭がわれるやうに苦しいこともあつた　目が見えぬ迄に逆上した事もあつた」と押韻の甘苦を伝えている。逆引き辞典に通じる『韻さぐり』の作成にあたっては、「此韻はむつかしいが何かいゝ韻はあるまいかと手製の韵礎を探つてゐる間に生死も浮世も人間も我もない天下ハ韵ばかりになつてしまつてゐる」と、音韻への惑溺が尋常ではなかったことがわかる。

越智処之助という人を食ったペンネームで書かれた「新体詩押韻の事」（『日本人』明治三十年三月五日）は、新体詩における押韻の用法が持つ意味を、総合的に考察したものである。

押韻には俳句の名詞止めが意識されている事。韻を踏むことにおいて詰屈聱牙、支離滅裂、文法破壊の傾向となってもいいこと。たとえ韻と調子とに関係が無くとも、屈折の多いことが韻文を「趣味多からしむる所以」となること。――この三点は、子規が既成の散文的新体詩の表現破壊を求めていたことを示している。押韻という制約が、逆に圧力となって表現破壊を引き起こし、韻文的にさせると考えていたのである。

また押韻の功罪について、文字を束縛し、思想を束縛してしまうことを作者への害にあげた。反対に利点として、第一、狭い範囲にあるので、かえって自己の技量を現すのに適すること。第二、言語の範囲が限られるので、かえって思想の上で惑いを生まず早く作詩できること。第三、限られた韻語を探して韻語から思想を得るために、かえって奇想警句を得ることをあげた。

ただ押韻の試みにおいては、意味のつながりを負った語を合わせる事ができず、韻をあわせることを優先させてしまう可能性がある。また押韻のみでは詩全体への律動をうながすことは難しく、リフレイン、対句表現、倒置法、切断等が複合的に引き出されることによって意味破壊、文法破壊へと作用する面があろう。

子規の押韻詩においても例外ではなく、読む側が意識的に押韻のパターンを確かめる事で、改めて韻の合せ方の苦心がわかるといった具合になっている。しかも苦心したほどには、押韻の効果が読み手に伝わってこない。

島崎藤村の『若菜集』（明治三十年八月）は、押韻詩を試作していた子規にショックを与えた詩集であった。子規の「若菜集の詩と画」（『日本附録週報』明治三十年九月二十七日）は、含みの多い書評である。俗気を脱した詩想、散文的でない「悽楚哀婉紅涙迸り熱血湧く底の文字」、曲折、変化、波瀾ある句法、奇句警句……と藤村の詩の特徴を形容するが、その評言は、そのまま子規が新体詩に求めていたものであり、押韻の試み、企図もそこにあった。

子規が藤村にさらに要求したことは、趣を同じくする悲哀の叙情性だけだと変化に乏しく飽きられてしまうので、叙景、叙事を仮りた叙情詩とすべきだという点と、冗長に流れ、気障になる無用の字の贅肉を絞れ、ということであった。子規は忠孝友愛慈悲等を主観（恋愛）の外の客観としたが、これらはいずれも子規自身が新体詩で詠んできたものである。

だが押韻による語の組立の変化を求め、叙景、叙事を仮りた叙情で、無用の字を省き、「印象の明瞭なる事実的のもの」「事実若くは、構造の事実を述ぶるが如き趣向」（「正岡子規氏『新体詩に就て』の談話」、『活文壇』明治三十二年十二月）を表現しようとした時、子規には新体詩という形式である必要はもはやなかったのではなかったか。子規の新体詩の試みが挫折した所以である。

注1　閔妃殺害事件については、角田房子『閔妃暗殺』（昭和六十三年一月、新潮社）がある。また近年、三谷憲正「『閔妃』に関する一枚の写真―日本近代の一《朝鮮像》をめぐって―」（『日本近代文学会会報』平成十二年九月「秋季大会発表要旨」）や内藤千珠子「王妃と死―日清戦争前後の「閔妃」をめぐる表象―」（『日本文学』平成十三年六月「第二二回研究発表大会・発表要旨」）による報告もなされている。

2　『日本』は、三陸海嘯の翌日の明治二十九年六月十六日、板垣新内務大臣の下に治安維持妨害と認められ発行停止となった。再発行のなった二十四日以降、「海嘯惨記」「海嘯惨記総叙」「海嘯実記」「惨害余録」「海嘯彙聞」「海嘯電報」等の記事で、被害を続報した。中村不折は特派員として現地に赴き、彼の惨状のスケッチが紙面に載った。

3　子規は脚韻のパターンを様々に工夫している。例示すると、「老媼某の墓に詣づ」（○○●●）、

「田中館甲子郎を悼む」（○●○●）、「少年香庵を悼む」（＊○＊○）、「古白の墓に詣づ」（○●●○）、「皇太后陛下の崩御遊ばされたるをいたみたてまつる」（○●○●○●）、「蒼苔を憶ふ」（＊○＊○）、「子の愛」（○○●●）、「花四種」（○●○●）、「花草」（○●○●）、「奈翁仮面の図を見る」（○○＊○）、「微笑」（＊○＊○）、「病中新年」（○○△▲△▲……□■■□）となる。

＊は韻をふんでいない箇所。

＊本稿は一九九五年十月二十九日、愛媛大学で行われた日本近代文学会秋季大会の報告を基にしている。蘭更についての資料、御教示を楠元六男氏より受けた。感謝申し上げたい。

透谷・小林・モーゼ

新保祐司

一

内田魯庵の『罪と罰』が刊行されたのは、巻之一が明治二十五年十一月、巻之二が明治二十六年二月のことである。この翻訳は、周知の通り、大きな反響を呼び、多くの批評が書かれたが、それらの中でも、北村透谷のものが時流をはるかに超えた、画期的な批評であったことも、今日では既に常識に属する。

透谷の二つの文章からは様々な批評の契機が引き出され得るが、ここでは後に執筆された「『罪と罰』の殺人罪」の中の次のような一節をとりあげたいと思う。

何が故に私宅教授の口がありても銭取道《ぜにとるみち》を考へず、下宿屋の婢に、何を為《し》て居ると問はれて、考へる事を為《し》て居ると驚かしたるや。

この「考へる事を為て居る」という特徴的な表現は、魯庵訳の次の箇所から来ている。ラスコーリニコフが、「下宿屋の婢」ナスターシャに、「貴君はお金子の取れる事を何にもしないじゃアありませんか」と責められる場面である。

『自己だツて為てゐる事がある』無愛想に苦々しげに答へた。
『何を？』
『何をツて、或る事をサ』
『どんな事？』
暫らく黙して躊躇《たゆた》ツてゐたが、思切ツて威勢能く『考へる事！』

ここで注意すべき点は、「為てゐる」と「考へる事」から、「考へる事を為て居る」としたのは、透谷であるということである。この表現は、透谷の精神の奥に突き刺さる力を持っていたに違いない。「考へてゐる」と「考へる事を為て居る」の本質的な差異を鋭敏に感じとったのであろう。この「名訳」には、二葉亭四迷の影が射している。魯庵は「例言」の中に次のように書いている。

一余は魯文を解せざるを以て千八百八十六年板の英訳本（ヴヰゼツテリィ社刊）より之を重訳す。疑はしき処は惣て友人長谷川辰之助氏に就て之を正しぬ。本書が幸に英訳本の誤謬を免かれし処多かるは一に是れ氏の力に関はるもの也。

英訳では、エブリマンズライブラリー、ペンギンブックスともに、'I am thinking.'となっている。「ヴヰゼツテリィ社刊」のものも恐らく同じであろう。また、今日、行われている日本訳をみてみると、「考えてるのよ！」（米川正夫、新潮文庫旧版）、「考えごとをよ。」（中村白葉、岩波文庫旧版）、「考えごとさ」（工藤精一郎、新潮文庫）、「考えてるんだ」（江川卓、岩波文庫）、「考えごとさ」（池田健太郎、中公文庫）といった具合である。ドストエフスキイの原典のロシア語にも、「考へる事を為て居る」というようなニュアンスはないということである。

魯庵・二葉亭の「名訳」が、いかにユニークかがわかるし、それをもたらしたのは、『浮雲』において内海文三という典型を創造し得た二葉亭の力であろう。「考へる事を為し居る」ということは、二葉亭においては或る意味で、近代知識人に共通するネガティヴな一面としてとらえられていたが、透谷の場合は、ポジティヴな意味を持っていた。

島崎藤村が、『春』の中で、青木・透谷に次のように語らせたのはよく知られている。

「内田さんが訳した『罪と罰』の中にも有るよ、銭取りにも出掛けないで一体何を為し居る、と下宿屋の婢《をんな》に聞かれた時、考へることを為て居る、と彼《あ》の主人公が言ふところが有る。彼《あ》様いふことを既に言ってる人が有るかと思ふと驚くよ。考へることを為て居る——丁度俺のは彼《あれ》なんだね。」

これは、藤村の透谷理解が、いかに深いものであったかをを示しているが、『桜の実の熟する時』の次のような、透谷の発言はさらに重要である。

「僕は単なる詩人でありたくない、thinker と呼ばれたい」とか、左様いふ言葉が雑談の間に混つて青木の口から引継ぎ〱出て来た。沈思そのものとでも言ひたいやうな青木は、まるで考へることを仕事にでもして居る人物のやうに捨吉の眼に映つた。

この「thinker」は、思想家というよりも思索家と訳した方が正確である。近代日本においては特に、思想家とは、西洋の出来合の思想を覚えて適当に塩梅する人間にすぎなかったからである。自分の頭で思索することは稀であった。「まるで考へることを仕事にでもして居る人物」こそ、思索家である。思索そのものが目的なのである。思想家は、「考へてゐる」ところまでは行く。しかし、真の思索家は、「考へる事を為て居る」という境地にまで達するのである。

一方、小林秀雄は、思索家と呼ばれるにふさわしい人間である。山本七平は、小林のことを

「不世出の思索家」と呼んだ。高橋英夫は、「根源的思索者」といい、「有史以来二千年におよぶ日本人の精神史を見渡したときに、小林秀雄はその中で最も大きな十人のうちの一人であっただろう。」と断言した。

この「根源的思索者」の風貌について、例えば大岡昇平は、「彼は昭和三年に初めて会った頃と同じように、頭の横っちょの髪を指でつまんで、まるめながら、(これは彼の考える時の癖である)うつむき加減に前方の地面を真直に見詰めながら、疾風のように過ぎた。—(中略)—私達は声を掛ける隙もなかった。また掛ける気にもならないくらい、真剣な思い詰めた顔だった。」と書いている。小林秀雄の有名な表現をもじっていえば、思索する小林秀雄がいる、小林秀雄の思想というようなものはない。

これに類した証言は、他にも多くのこっているが、小林秀雄も「考へる事を為し居る」人間であった。「考へてゐる」程度の人間は、いくらでもいる。「考へる事を為し居る」というところまで突き抜けた人間が、稀なのである。昭和十三年の「雑記」の中で、小林は「手際のよい解決乃至は解説を書くことが論文を書くことになつて了つてゐる。疑問が問題を提出するのには独創性が必要だ。はげしく考へる事が必要だ。併し解決するのには、模倣か整理で屢々事が足りるのである。」と書いた。小林はまさに「はげしく考へる」人である。この引用につづけて、田辺元の『哲学と科学』について、「一読し何故こんな本が有難がられるのか解らぬ気がした。本を沢山読み、ものを整理する術を知つた人の書で、ほんたうに物を考へた人の書ではないと思つた。」と書いているが、日本では今日もまだ田辺元的知識人が横行している。

中村光夫は近代日本における、真の批評家は、透谷と小林の二人だけだといったが、それは、この二人だけが、「考へる事を為て居る」という境地から、言葉を引き出していたということに他ならない。そして、この二人の批評において、批評が詩になるということが起きた。それは、小林が「作家の顔」の中で引用したフロベールの言葉「極度に集約された思想は詩に変ずる」ということが実現したということである。「考へる事を為て居る」とは、或る意味で思想を「極度に集約」することだからである。

二

「考へる事を為て居る」思索家は、「心宮内の秘宮」に達する。「各人心宮内の秘宮」の中で、透谷は次のように書いている。

　心に宮《みや》あり、宮《みや》の奥に他の秘宮あり、その第一の宮には人の来り観る事を許せども、その秘宮には各人之に鑰《かぎ》して容易に人を近《ちか》づかしめず、その第一の宮《みや》に於て人は其処世の道を講じ、其希望、其生命の表白をなせど、第二の秘宮は常に沈冥《ちんめい》にして無言、蓋世《がいせい》の大詩人をも之に突入するを得せしめず。

今の世の真理を追求し、徳を修するものを見るに、第一の宮は常に開《あ》けて真理の威力を通ずれど、第二の宮は堅く閉ぢて、真理をして其門前に迷はしむるもの多し。第一の宮に入るの門は広けれども、第二の門は極《きはめ》て狭し。

「考えている」というのは、この「第一の宮」の世界であり、「考へる事を為て居る」ことによってはじめて、「第二の宮」に達することができるのである。透谷と小林は、この「秘宮」に突入した人間であり、その批評は、そこからくみ出されたものである。それが、世の多くの「評論」、この「第一の宮」の中をあれこれと歩きまわっているものとの決定的な違いである。

ちなみに、この「各人心宮内の秘宮」は、「内部生命論」の前提とも見なされる論文（勝本清一郎）といわれることがあるが、私見によれば、前者の方がはるかに本質的で、重要であると思われる。「内部生命論」は、その「内部」を「第一の宮」ととらえれば、知識人、文化人にも抵抗感がなく理解され易いのである。「内部生命論」では、「秘宮」がはっきりと打ち出されていないからである。これは、発表の場も作用しているかも知れない。「内部生命論」は、『文學界』であり、「各人心宮内の秘宮」は、「平和」なのである。

小林の批評にも、「秘宮」の消息を感じさせるものが少なくない。例えば、「モオツァルト」の中で、ベートーヴェンの音楽に対するゲーテの反応について、次のような個性的な表現をしている。

恐らくゲエテは何もかも感じ取つたのである。少くとも、ベエトオヴェンの和声的器楽の斬新で強烈な展開に熱狂し喝采してゐたベルリンの聴衆の耳より、遙かに深いものを聞き分けてゐた様に思へる。妙な言ひ方をする様だが、聞いてはいけないものまで聞いて了つた様に思へる。ワグネルの「無限旋律」に慄然としたニイチェが、発狂の前年、『ニイチェ対ワグネル』を書いて最後の自虐の機会を捉へたのは周知の事だが、それとゲエテの場合との間には、何か深いアナロジイがある様に思へてならぬ。それに、『ファウスト』の完成を、自分に納得させる為に、八重の封印の必要を感じてゐたゲエテが、発狂の前年になかつたと誰が言へようか。二人とも鑑賞家の限度を超えて聞いた。

「聞いてはいけないもの」とは、「秘宮」の消息であり、「鑑賞家」とは、「第一の宮」までのものを聞いて満足している人のことである。この「秘宮」に対して、小林も極めて敬虔であって、「聞いてはいけない」といったような「禁止」の言葉が使われるのである。

「ランボオⅢ」においても、ランボオの「アフリカの砂漠」行について、「何が彼を駆り立てたのか。恐らく彼自身、それを知らなかつた。僕等も知らぬ。恐らく知つてはならぬ。」と書く。「知つてはならぬ。」、この「禁止」は何故か。これが、ランボオの「秘宮」に関することだからである。そして、また、「僕等」の「秘宮」に関わることだからである。

「考へる事を為て居る」透谷と小林は、「秘宮」の消息に「推参」している。その批評の言葉は、そこから洩れてくるのであり、「鑑賞家」にとどまる批評家の群れの中で、二人が質的に傑出していた所以もそこにあるのである。

三

「考へる事を為て居る」批評家は、「秘宮」に達し、「文化」の外に出る経験を有する。「緑雨・コロッケそば・荷風」と題した文章（『批評の時』所収）に書いたことだが、緑雨の批評は、いわば「文化内」批評であり、透谷の批評は、究極的に「文化外」からの批評である。「批評は『文化』を超越したところに視点を究極的に置いていなければ、深遠なものにはならない。この点が、緑雨の批評に透谷の批評の持つ根源性が欠けている大きな理由であろう。」と私は書いた。

透谷は、「各人心宮内の秘宮」の中で、「蛮野より文化に進みたるは左《さ》までの事にあらず、この霊能霊神を以て遂には獣性を離れて、高尚なる真善美の理想境に進み入ること、豈《あに》望みなしとせんや。」と書いている。「文化」は、「左までの事にあらず」なのである。だから、透谷を、「文化内」でとらえようとすることは、結局「左までの事にあらず」なのである。浪漫主義、自由民権運動、恋愛論、平和主義などの「近代」の価値観からの透谷評価に、私が余り興味を感じないのは、それらが所詮、「文化内」のものだからである。

小林秀雄は、河上徹太郎との対談「白鳥の精神」の中で、次のようなことを言っている。

でも僕はあれだな、批評なんか書いているせいもあるけれども、正宗さんというのは、書いているものを重んじないだろう、ちっとも。書いてるものを重んずる人は、僕には面倒臭いのだな。だから正宗さんみたいにぜんぜん重んじない人にはね、まだもう一つ先きがあるのだ。文学よりもう一つ先きのものがある。それがいつも頭にあってね、文学なんてものは手前のものでね、別にどうということもないと考えがいつもあるだろう。

ここで、「文学」は「文化」といいかえてもよい。「文化よりもう一つ先き」、この「文化外」のヴィジョンが、白鳥にあり、それを指摘する小林にも強くあるのである。それは、「ランボオⅢ」の中の、次のような告白に通ずるものである。ランボオの詩の一節を引用したあとで、小林は書いている。

——或る全く新しい名付け様もない眩暈が来た。その中で、社会も人間も観念も感情も見る見るうちに崩れて行き、言はば、形成の途にある自然の諸断面とでも言ふべきものの影像が、無人の境に煌き出るのを、僕は認めた。而も、同時に自ら創り出したこれらの宝を埋葬し、何処とも知れず、旅立つ人間の、殆ど人間の声とは思へぬ叫びを聞いた。生活は、突如として、決定的に不可解なものとなり、僕は自分の無力と周囲の文学の経験主義に対する侮蔑とを、当てどもない不幸の裡に痛感した。

「社会も人間も観念も感情も」とは、いわば「文化」であって、それが「崩れて行」って、「無人の境」という、いわば「文化外」につれ出されたのである。「文学の経験主義」とは、「文化内」に安住している作家たちの所産にすぎない。

「生活は、突如として、決定的に不可解なもの」となったということ、これは、「文化内」で営まれている「生活」が「決定的に不可解」になったということである。中村光夫は、「この告白は重要です。」といい、『『生活』が不可解になつたとは、逆に云へば氏に何か別のものが『決定的』に解つたといふこと」だと書いている。「何か別のもの」とは、「文化外」に、「文化よりもう一つ先き」にあるものに他ならない。

日本は、「文化内」のもので自足している傾向が強い国である。そういう精神風土にあって、波多野精一は、『時と永遠』の中で次のように「文化」を根源的に批判した。

文化的生は自然的生を又歴史的時間は自然的時間を基体としてその上に立つものであり、従つてそれを担ふ地盤の制約と影響とを脱し得ない。一切を担ふ「現在」は依然絶え間なき移動転化を示す現在である。無の中より浮び上る如く見える過去はただ絶えず無の中に沈み行く現在によつてのみ支へられる。生は滅びることを知らぬであらうが、それは現在が持続する限りといふ条件の下においてに外ならぬ。その恒常性は結局瀧つ瀬を彩る虹のそれ以上のものではあり得ぬであらう。―（中略）―過去と将来とのいつも新たなる色彩華やかなる交互聯関は、結局絶えず壊滅の中に消え失せて行く自己の姿を蔽ひ隠さうとするはかなき幻の衣にすぎぬであらう。文化主義人間主義世俗主義は畢竟かくの如き自己欺瞞の所産でなくて何であらうか。

「文化主義人間主義世俗主義」こそ、日本の近代を支配した「主義」である。思潮として圧倒的であったのは、自然主義、マルクス主義、そしてヒューマニズムであろうが、これらすべてはまさに、「文化主義人間主義世俗主義」以外の何物でもないであろう。この精神風土から、脱出《エクソダス》し得た数少ない、近代の日本人の中に、批評においては、北村透谷と小林秀雄が数えられるのである。この日本の精神風土では、例えばチャイコフスキイの音楽が愛好される。しかし、小林は「モオツァルト」の中で、モオツァルトのクワルテット（K・465）の第二楽章について「若し、これが真実な人間のカンタアビレなら、もうこの先き何処に行く処があらうか。例へばチャイコフスキイのカンタアビレまで堕落する必要が何処にあつたのだらう。」と書いた。この断言が持つ潔癖さから、「出エジプト」は開始されるのである。

四

中村光夫は、昭和五年の秋、小林秀雄にはじめて会ったときのことを語って、「これまで会つたことのある先輩の、文学者や芸術家とはまるで別種の人がここにゐる。」と感じたと書いている。島崎藤村が、北村透谷について、同じようなことを書いたとしても少しもおかしくはない。透谷も、小林も、日本の精神風土において、「まるで別種の人」に他ならなかった。

山本七平が『小林秀雄の流儀』と題した小林論を書いている。山本は、代表作『空気の研究』で、「日本に潜在する伝統的発想と心的秩序、それに基づく潜在的体制の探究を試み」、「空気《プネウマ》」が日本人および日本社会を支配していることを明るみに出してみせた。

山本七平が、小林秀雄を高く評価したのは、小林がこの「空気」から脱出《エクソダス》し得た人間ととらえたからであろう。本来、文化は文化外のものに支えられることによって、真の文化であるのだが、日本においては、特に近代日本においては、文化は、文化内だけのものになっており、そういう自閉した文化は、山本のいう「空気」を醸しだすのである。

中村光夫は、「否定の情熱の強さは、氏の初期の評論の大きな特色をなして」いるといい、「氏が批評家として登場した当初、否定の精神の権化のやうに見られたのは当然です。」とも書いている。

小林が「ランボオⅢ」の中で書いた「言はば、形成の途にある自然の諸断面とも言ふべきものの影像」は、たんなる自然ではない。小林は「大自然」といういい方をしているが、透谷の「美妙なる自然」を連想させる。たんなる自然を、透谷は、『「力」としての自然」と呼んだ。

この「大自然」「美妙なる自然」は、いわば文化外のものである。だから、中村は、「氏の自然が人間の知性と、その所産である文化に対立するものであることは明か」であるといって、次のようにつづける。

この立場から、氏はしばしば「歴史」「文化」「科学」「芸術」などを否定する野人として振舞ひます。芸術家も、氏にとつては選ばれた少数の天才（すなわち精霊）をのぞけばすべてランボオのいはゆる普遍的知性に目かくしされ、歴史の柵のなかであぐらをかいた豚どもにすぎないのです。―（中略）―事実、氏は、その孤独な野生が培つた「自然」の感覚に照らして、時代の文化を――むろん文学をも含めて――裁断し否定することからその批評家としての仕事をはじめたのです。

この「否定する野人」という表現は、透谷にもいえるものであるし、「時代の文化を――むろん文学をも含めて――否定することから批評家としての仕事をはじめた」ということも、透谷の「当世文学の潮模様」や「時勢に感あり」などを読めば、共通している点である。透谷の、元禄文学や紅露に対する激しい批判も、明治浪漫主義からの批判のようにとらえるのは皮相な見方であって、もっと根源的な批判、文化外に出た「野人」の「裁断」であり「否定」なのである。

中村がいうように、「小林氏の初期の評論がその特異な表現形式にかかはらず、同時代の作家をはじめ、文学の周囲に集まつた青年たちに強い影響を及ぼした」のが事実として、同様なことは透谷にもいえるのであるが、透谷と小林という「特異」な批評家が、これだけの「強い影響を及ぼした」のは、この二人が近代日本において、その「空気」からの脱出《エクソダス》を呼びかける、一種のモーゼの役割を果たしたからではないか、と私は考えたいのである。

中村光夫は、『日本の近代小説』の中で、佐藤春夫が武者小路実篤の出現は「近世思想史の上のルッソオに匹敵する」といっていることを紹介した上で、「武者小路はこの点から見ると、二葉亭の後継者ともいへるので、逍遥も二葉亭を『日本のルソー』とよんでゐます。一人のルソーのかはりに幾人かの小型のルソーの出現によつて、わが国の小説の近代化は、なしくずしに、うらはらな方向に行はれたのです。」と書いたことを思い浮べつついうならば、近代日本において、一人のモーゼのかわりに幾人かの小型のモーゼの出現があったことはあったのである。透谷も小林も、この「小型のモーゼ」であった。

透谷は、「主のつとめ」の中で、「この事に就きては吾人之を出埃及記《しゅつエジプトき》に録《しる》さる、を読めり。」といい、「イスラヱルの子供等が斯の悲境に沈淪《ちんりん》してありし時、神はモーセ《ママ》を遣はして彼等を囚禁より放ちて、カナンの陸に至らしめたり。」と「モーセ《ママ》」の名を出している。

さらに重要なのは、「明治文学管見」の中で、「モーゼなきイスラヱル人」というい方をして、明治維新後の近代日本における日本人の状況を、「イスラヱル人」になぞらえていることである。近代の日本人がまだ「エジプト」にのこっていること、「文化内」にいること、「空気」の中に閉じこめられていることを示唆しているし、真の思想家はモーゼの役割を求められていることを意識している。透谷は、自分がその役割を果たさなくてはならないという「召命」を、聴いたと思ったこともあったに違いない。「三、変遷の時代」に、次のような文脈でモーゼは出てくる。

福沢諭吉氏が「西洋事情」は、寒村僻地まで行き渡りたりと聞けり。然れども泰西の文物を説教するものは、泰西の機械用具の声にてありき、一般の驚異は自からに崇敬の念を起さしめたり、文武の官省は洋人を聘《へい》して改革の道を講じたり、留学生の多数は重く用ひられて一国の要路に登ること、なれり、而して政府は積年閉鎖の夢を破りて、外交の事漸く緒に就くに至れり、各国の商賈は各開港場に来りて珍奇実用の器物をひさげり、チヨンマゲは頑固《がんこ》といふ新熟語の愚弄するところとなれり、洋服は名誉ある官人の着用するところとなれり。天下を挙て物質的文明の輸入に狂奔せしめ、すべての主観的思想は、旧《ふる》きは混沌の中に長夜の眠を貪り、新らしきは春草木未だ萌え出るに及ばずして、モーゼなきイスラヱル人は荒原の中にさすらひて、静《しずか》に運命の一転するを俟《ま》てり。

「モーゼなきイスラヱル人は荒原の中にさすらひて」とは、明治維新によって日本人が一たんは、「出エジプト」したということではないか。幕末維新期は、やはり一種の「出エジプト」であったのである。しかし、今や明治二十年半ばになって、「モーゼなきイスラヱル人」の状態におちいってしまったのである。この引用の少し先きのところでは、「敢《あえ》て国民を率ゐて或処《あるところ》にまで達せんとする的《てき》の預言者は、斯かる時代に希《ね》ふべからず」と絶望的な観測を、透谷は吐いている。

聖書学の出版社「山本書店」の独力経営者であり、自身聖書に深い造詣を持つ人であった山本七平が、次のように書いている。

小林秀雄がどれだけ徹底的に旧新約聖書を読んだか、といった研究があれば、一度、読んでみたいという気がする。彼は大変な「聖書読み」であったに相違ない。たとえば前に引用した彼の文章の中に「エホバの言葉、我心にありて、火のわが骨の中に閉ぢこもりて燃ゆるが如くなれば……」「天よきけ、地よ耳をかたぶけよ」「静かなる細微き声」「賢者なんぞ愚者に勝るところあらんや」が聖書のどこからの引用でだれの言葉か即座にいえる人は多くないであろう。細かい点は略すが、最初がエレミヤ、二番目がイザヤ、三番目がエリヤ、四番目がコーヘレスだが、その選択は預言者なるものの特色と知恵文学なるものの特色を実によくつかんでいる証拠といわねばなるまい。

こう書いた山本は、小林の『ゴッホの手紙』の冒頭の「旧約聖書の登場人物めいた影」という一節にこだわっている。周知の通り、ゴッホの絶作「鳥のいる麦畠」の前で、「しやがみ込んで了つた」小林は、次のようにその画について書いている。

熟れ切つた麦は、金か硫黄の線條の様に地面いつぱいに突き刺さり、それが傷口の様に稲妻形に裂けて、青磁色の草の線に縁どられた小道の泥が、イングリッシュ・レッドといふのか知らん、牛肉色に剥き出てゐる。空は紺青だが、嵐を孕んで、落ちたら最後助からぬ強風に高鳴る海原の様だ。全管絃楽が鳴るかと思へば、突然、休止符が来て、烏の群れが音もなく舞つてをり、旧約聖書の登場人物めいた影が、今、麦の穂の向うに消えた——僕が一枚の絵を鑑賞してゐたといふ事は、余り確かではない。寧ろ、僕は、或る一つの巨きな眼に見据ゑられ、動けずにゐた様に思はれる。

山本七平は、この「旧約聖書の登場人物めいた影」について、小林がどの預言者を思い描いていたかという興味深い問いを立て、ゴッホの「深い真面目な愛」から、ホセアを考えて、「ホセア書の中から、ゴッホの行為を連想させるところを引用」している。

しかし、私は、この「旧約聖書の登場人物」は、モーゼではないかと推測している。「或る一つの巨きな眼」は、ホセアには余りピンと来ないし、やはりモーゼにこそふさわしい。そもそも、ランボオとは大「脱出」者であったし、小林は、ゴッホにも、モーゼの「脱出」への呼びかけを聴きとったのではないか。そして、「僕は、或る一つの巨きな眼に見据ゑられ、動けずにゐた」のは、この時期あたりから、小林秀雄が、「エジプト」に、「日本」に戻ろうとしていたからではないか。その気持ちに、突き刺さってくるものだったのではないか。

北村透谷は、砂漠で一人で死んだモーゼであり、小林秀雄は、砂漠から戻ってきたモーゼである。山本が、小林にも「分らぬ対象」があったとして、「まず砂漠だ」といっているのは、興味深い指摘である。初期小林秀雄が終って、中期、さらに後期にさしかかってきて、小林秀雄の胸の中に、自ら訳したランボオの「あ、……／――おれもやがては慣れるのか。／これがフランス人の生活といふものなのか、あ、、名誉への道とは。」という詩句が蘇ったことであろう。そして、小林は『本居宣長』で戻ったつもりであったが、絶筆の正宗白鳥論でまた、最後の力をふりしぼって、また、出ていこうとしたのであろう。しかし、途中で倒れたのである。白鳥論の紆余曲折ぶりはトルストイの野垂れ死を連想させる。

透谷というモーゼの声に従って立った人間に、島崎藤村を考えるとしたならば、小林というモーゼの声に従って立った人間に、中村光夫を当てることができよう。「当時の僕が氏にたいして抱いた感情は友情といふよりむしろ恋愛に近かつたと思ひます。」と中村は、回想している。

藤村は、透谷について、「エジプト」の縁までは行った。しかし、それ以上行かなかったように思われる。そして、藤村は、一人で歩いていく透谷を、深い理解と愛情をこめた眼差しで見送ったのである。しかし、自分は踏みとどまった。それが、藤村という人であった。「エジプト」の縁にいつづけて、成熟しながら、『春』を書き、ついに、『夜明け前』を完成させた。これらの作品が、透谷への深いオマージュでもある所以である。

初期小林について行った中村は、或る意味で、小林・モーゼよりも、先きに出たといってもいいかもしれない。「否定の精神の権化」小林でさえ、志賀直哉は格別であって、賞讃したし、谷崎潤一郎も認めたのであったが、中村は、周知の通り、『志賀直哉論』、『谷崎潤一郎論』において、完膚なきまでに批判したのであった。その否定において、あの「です、ます」の文体は有効であった。小林は中村光夫全集に寄せた文章（昭和四十六年）で、「中村君が、文芸評論の世界に、言文一致の独得な文体を導入したのは周知の事だ。」といい、「私が感受するところでは、中村君の文体は、かう言ってゐるやうに思はれる、自負心と依頼心とから思ひ切つた離脱を行つてみなければ、自分に本当に批評といふものが出来るかどうか解らないではないか、と。」と書いている。「自負心と依頼心」は「エジプト」のものであり、中村はそれらから「離脱」、すなわち「出《しゅつ》」したのである。

そして、小林が戻り出した頃から、中村は小説を書きはじめ、或る意味で混迷していったのである。ついていけばよかったから、中村は二十三歳という若さでデビューできてしまった。しかし、小林が戻るのを見て、中村には、『わが性の白書』や『贋の偶像』に書かれるような「エジプト」の諸問題が、噴き出してきたのである。これらの小説群は、中村光夫の名声に何一つ、つけ加えるものではあるまい。

北村透谷と小林秀雄が、近代日本における傑出した二人の批評家であったのは、一種のモーゼの役割を果たしたからであり、その批評の営為は、このような精神的な劇を孕んでいたのである。

しかし、透谷は、一人足早に出ていって死んでしまったし、小林は途中で戻ってきてしまった。ここに、極めてクリティカルな課題が、今日の我々日本人にのこされているのである。

透谷と小林という、偉大な二人の先達の足跡を踏まえたとき、批評家として生きる道は果たしてどのようなものが可能であろうか。「ゆっくりと出て行く」ということがあり得るのではなかろうか。透谷や小林のように、アレグロではなく、アンダンテで。「出エジプト」をすでに精神の中で充分経験した上で、精神の羅針は、しっかりと「出エジプト」の方向を保ちながら、一本の細い道を、「エジプト」の誘惑を絶えず退けつつ、アンダンテで歩いて行く。そのとき、「批評」とは、一本の細い道を確認し、見失わないための営為であり、また、「エジプト」を批判する作業でもあるであろう。「批評」とは、ついに「出エジプト」の道である。

宮沢賢治「やまなし」を読む

牛山　恵

はじめに

宮沢賢治の童話「やまなし」は昭和四十六（一九七一）年に、光村図書の小学校六年生の教材として採りあげられた。以来三十年、いわゆる定番教材としてその位置は不動のものとなっている。この教材は長命だが、しかしその一方で、「扱いにくい」という声もある。現場の教師に「扱いにくい」と言われながら教材であり続けるところに、この作品の現象としての謎がある。学習指導書にあるように、「宮沢賢治の童話としても完成度の高い、芸術的結晶」で、「柔軟な発想や豊かな想像力を誘う表現が児童たちの読みの意欲をかき立てる」という教材価値観が、教師たちに支持されているからだろうか。おそらく、「扱いにくい」という実感もほんとうだし、「芸術的結晶」と形容したいような作品としての魅力を感じることもほんとうなのだ。そして、この教材の「扱いにくさ」は、作品の「わからなさ」に起因していると思われる。
学習指導書には、上笙一郎の「〈分かる〉作品と〈分からない〉作品[注1]」という一文があり、その中で「やまなし」について「これは、どちらかといえば〈すぐには分からない〉作品である。」としてある。「すぐには」という条件がつくものの、学習指導書でも「わからない」作品であることを認めているわけだ。では、この作品はほんとうにわからない作品なのだろうか。どこがどのようにわからないのか。わからないということは作品が読めないということなのか。まず、学習者として設定されている小学校六年生の子どもたちの、初発の素朴な感想を手がかりに考察してみよう。

（本稿は、光村図書の教材「やまなし」を底本とせず、『【新】校本宮澤賢治全集』第十二巻［筑摩書房、一九九五・十二］所載の「やまなし」によった。）

一、子どもたちはどう読んだか

①水の底の世界を体験する楽しさ

千葉県習志野市立大久保小学校六年生（二〇七名）が、先生の朗読を聞いてすぐに感想を書いた。その中から二十例ほどを取り上げ、子どもたちがどのような感想を持ったか、以下に整理してみよう。

大人たちが口々に「わからない」と言っているこの作品について、中には「とても意味深な言葉が多くて難しい話だと思いました。」(1)とか「ぼくは、最初なにがなんだかわかりませんでした。」(2)あるいは「少し分からない所があってむずかしかったです。」(10)という感想があるものの、子どもたちのほとんどは、「おもしろいようで不思議な感じの物語だと思います。」(4)、「とても静かな話でした。」(18)、「けっこうおだやかなお話で気に入った。」(19)というように、この作品に興味を持ち、素直に楽しんでいる。「わからない」と言って、内容がつかめないまま作品の入り口で立ち止まってしまっているということはない。そして、「たとえがたくさんあったのでその時の情景がよく分かる話だと思いました。」(6)の

子どもたちの感想(抜粋)

1、このやまなしという話は、とても意味深な言葉が多くて難しい話だと思いました。五月に出てきたクラムボンというのは、いったい何なのかなあと思いました。

2、ぼくは、最初なにがなんだかわかりませんでした。でも、聞いているうちにすこうしわかるような気がしました。川の中にカニがいて、それより大きい魚がいて、それを食べる鳥がいて、その鳥類をたべる人間がいて、その人間より強いワニ・ライオンなどのたくさんの命があるから、小さな生き物でも大切にしたいと思いました。

3、人は外から川をながめているから、水を通して見た景色なんてわからないけど、カニたちはずっと水の中にいて、流れている水を通した景色を見てたくさんのことを思ったり考えているんだなあと思いました。川の魚を食べに来る鳥も、周りから見ているとなんとも思わないけど、中にいるカニたちにしてみれば、命も危

ように、比喩を多用した表現のおもしろさに気づき、その比喩表現によって情景を思い浮かべ、そうすることで「目線がカニで面白かった。」(5)のように、視点が水の底にあることに気づく。そして「カニから見た世界がわかっちゃうなんて、不思議ですごいと思います。」(10)と、素朴な感想の中に、この作品のおもしろさを発見した喜びを語っている。これらの子どもたちの初発の感想は、「やまなし」という作品の魅力は、「わかろう」とする前に、素直に人間の知らない水底へと誘われ、そこから世界を見てみる、そういう未知の体験を可能にすることのおもしろさにあるということを素朴に表現しているようだ。

ない恐いことなんだなと思いました。

4、おもしろいようで不思議な感じの物語だと思います。私たちからカワセミを見ると、「わあ!カワセミだー!」とか思うけど、カニから見ると、「恐いよー!」って思う。だから、カニからの世界について書いてあるから、そこがまたおもしろいなと思います。

5、目線がカニで面白かった。自分より小さい生き物だから、わたしが見てもなんでもないカワセミを恐がったり魚のはらを下から見たりっていうのは、自分では見れないからおもしろかった。

6、たとえがたくさんあったのでその時の情景がよく分かる話だと思いました。お父さんはカワセミのことややまなしのことをおしえていたし、それに子供カニがついてったと思いました。子供があとお父さんカニのことをすごくよくきいてると思いました。

7、カニたちは、カワセミの事をすごく恐がっていたので、やまなしまでカワセミとまちがえてしまうからカニにとってカワセミはとても恐い存在だったと思いま

「やまなし」を読む者は、この作品が「二枚の青い幻燈」に映し出された「青じろい水の底」を舞台として物語が展開していることを、当然のことのように了解している。しかし、改めて読み直そうとすると、すぐにも「なぜ、幻燈なのか。なぜ、青なのか。なぜ、二枚なのか。（西郷竹彦[注2]）」と問いたくなり、そうすることが、作品の読みを成立させる鍵となるかのように思うのだ。これらの問いは、確かに、読みを深めていく上での指針になるだろう。しかし、そう問う前に、子どもたちが楽しんでいるように、水の底の世界を体験してみることが必要なのではないだろうか。

「やまなし」は一九二四（大正十三）年、四月八日の「岩手毎日新聞」に掲

した。カニの事をほとんど書いているのに、どうしてやまなしという題なのかと思いました。

8、カニの見ている物と人の見ている物が同じでも見え方がちがうのがよくわかる。

9、言葉の表し方がよかった。どうして、五月から十二月にとんだのだろう。べつに六月でもいいのに。キラキラとかあみの目のようにとかそういう言葉もよかった。クラムボンがちょっと意味がわからなかった。

10、親子のカニが話している所ややまなしを追っている場面がよく分かりました。少し分からない所があってむずかしかったです。アワが上へ上へ上がっていく表現がうまくてよかった。ほかの表現もよかったです。海の中の様子が頭にうかんでくるお話だったと思います。やまなしを親子のカニが追っている所が一番よかったと思います。カニから見た世界がわかっちゃうなんて、不思議ですごいと思います。

11、子どものカニたちがはじめてかわせみをみて魚が食べられてしまったのをしらなくて、お父さんガニに魚

載された作品だが、同じ年の十二月には『イーハトヴ童話・注文の多い料理店』が発行された。時期の近さから見て、「やまなし」も「イーハトヴ童話」と考えていいだろう。「イーハトヴ童話」とは、『注文の多い料理店』の「序」にあるように、賢治にとって「これらのわたくしのおはなしは、みんな林や野はらや鉄道線路やらで、虹や月あかりからもらってきた」ものであり、「ほんたうにもう、どうしてもこんなことがあるやうでしかたないということを、わたくしはそのとほり書いた」ものである。「やまなし」も、現実の岩手県の自然をエッセンスとして幻想されたイーハトヴという異空間の物語なのだ。であるから、「やまな

はどこにいったのときいたところがおもしろかった。上からやまなしがおちてかわせみとまちがえたところもよかったと思う。カニたちがやまなしのにおいにつられてやまなしについていったんだけど、どうして水のなかまでやまなしのにおいがしたのかと思った。

12、クラムボンが笑ったとか死んだなんて言ってたけど、クラムボンはなんだろなと思った。カニの兄弟や親子の話してる様子やあわの大きさ比べなどをやっている所がよくわかった。子ガニがやまなしなどのことを知らないで親ガニに問いつめている所が面白かった。

13、この弟についてなんだけど、あわの大きさの勝負したり、なしをちがう物にかんちがいしておどろいていておもしろいカニだと思った。作者の宮沢けんじさんは、表現やお話の内容とかが独特だと思った。

14、小さなカニが大きな物のことを知りつくしているなんてすごいと思った。自然とカニはつながっていると思った。カニは人間と同じようにほしをみているみたいだ。

し」の世界がどのような自然のエッセンスで創りあげられているのか、その組成を明らかにしておく必要があるだろう。

子どもの感想のことばで言うと、まず、「カニの見ている物と人の見ている物が同じでも見え方がちがう」(8)ということが、「やまなし」の世界の前提である。そして、「人は外から川をながめているから、水を通して見た景色なんてわからないけど」(3)、イーハトヴではそれが可能になる。忘れてならないのは「カニたちはずっと水の中にいて、流れている水を通した景色を見て」(3)いるということで、私たちの住む世界が空気で満たされていてそのことを不自然と感じないように、その世界

15、クラムボンはやまなしのことだと思いました。それは、クラムボンはプカプカとか笑ったとか、なんとなく川の流れとあっていたから。カニのお父さんはちしきがほうふだと思った。それは、川で暮らしているのに、カワセミややまなしを知っているから。イサドはふつうの地球とは少しちがったところだと思う。

16、なしを追いかけて、カニの子供たちにおもしろいことをおしえてあげようとしていたお父さんのちえはすごいと思います。クラムボンというのは、カニの母親だと思いました。とくに兄と弟が自分の泡を競ったところがおもしろいと思いました。カニたちはいさどにつれてってもらえたのかなと思いました。

17、カニは、カワセミが魚をとるのを恐がっていたけどいい経験になったと思います。やまなしとは実だったことをはじめて知りました。二、三日たってやまなしがしずんでくるのが楽しみです。クラムボンとはカニの種類だと思います。

18、とても静かな話でした。かにの親子は川の中からい

は、水で満たされていることが自然な世界だ。読み手は、「二枚の青い幻燈」を映写している者、仮りに「語り手」と呼ぶが、その語り手によって水の中へ誘われ、蟹たちと同じ位置からそのような水の世界を眺めることになる。

水の世界は、底から見上げると、曇り空のように「青くくらく鋼のやう」な天井によって、水の上の世界と仕切られ、彼方を見透かすことはできない。それどころか、「横の方」も「鋼のやう」で、それが視界を遮っている。「横の方」がどこまで広がっているのか、これも見ることはできないのだ。子どもの蟹にとって、世界はこのような彼方の見えない小さな空間としてしか把握されていない。子どもは、それを子蟹が「自分より小さな生き物だから」(5)だととらえる。子蟹たちは、この世に生を受けて間もない、経験も知識もない幼い存在なのだ。そして語り手の視界もまた、子蟹に

ろいろな物を見ていたけど、私は川の中で上を見てみた事が無いので、どんな感じなのか知りたいです。

19、最初に「何とかが笑ったよ。……笑ったよ。」というところで、いろいろな表現を使っていた。子どもに「あれはこれだよ。」とやさしく教えているお父さんは、年をとっていた方がいろいろなことを知っているということがわかるし、お父さんの愛情がわかる。けっこうおだやかなお話で気に入った。

20、クラムボンって何だろう。魚の敵はカワセミ。そしてカニの子はカワセミを恐がっている。クラムボンは最初笑っている。クラムボンは笑う物?生物?そして死んでしまった?もしクラムボンがカニだったら、どうしてカニが死んでしまったのだろう。クラムボンとは、カニではない物?クラムボンとは何なのだろう

重なることで同じように限定されているのである。

さらに、子どもの感想は「どうして水のなかまでやまなしのにおいがしたのか」(11)という疑問を示すが、水の世界に「匂ひ」はあるのか、音はあるのか、ものはどのように見えるのかといったわからないことは、作品のことばに導かれてイメージを描くはかない。たとえば、谷川の水の世界が空気の世界ともっとも違うこと、それは水が、風と違って絶えず一方向に向かって流れていることだが、その流れは「天井」あたりにしか感じられない。「天井」は「なめらか」で、「つぶ〳〵暗い泡が流れて」いるところから、そのあたりの水は川下に向かって流れていることがわかる。しかし、子蟹のいるあたりの流れはかすかで、子蟹の吐く泡は、「ゆれながら水銀のやうに光って斜め上の方へのぼって行」くのである。また、光は、水の世界では「光の網」となって「底の白い磐の上で美しくゆら〳〵のびたりちゞんだりし」ていて、影は「まっすぐな影の棒」となる。空気の世界では見えないものが見える空間、それが、心象スケッチされた水の世界の景色である。

②子蟹の恐怖を体験し、父蟹の父性と出会う

子どもの初発の感想は、文学作品を読むことの楽しさを素朴に伝えてくる。作品の虚構世界に転生し、現実では知り得ない体験をすることが楽しいのである。読むことで、子どもたちは、水の世界に転生し、自分達と年齢の近い蟹の子どもに「兄と弟が自分の泡を競ったところがおもしろい」(16)と親近感を覚え、彼らと、体験を共有するのである。その体験とは、『川の魚を食べ

に来る鳥も（中略）カニたちにしてみれば、命も危ない恐いことなんだなと思」（3）い、「私たちからカワセミを見ると『わあ！カワセミだー！』とか思うけど、カニから見ると『恐いよー！』って思」（4）い、そして「やまなしまでカワセミとまちがえてしまうからカニにとってないカワセミはとても恐い存在だったと思」（7）うことである。つまり、「わたしが見てもなんでもないカワセミ」（5）なのに、それが子蟹にとっては「まるで声も出〔ず〕居すくまってしま」うほどの恐怖であるという、自分とは違う者、他者に対する認識をもつことであると言ってもいいだろう。しかしながら、初発の感想であるために、その恐怖がどのようなものであるのかについての追求は行われない。二疋が共に「魚の白い腹がぎらっと光って一ぺんひるがへり、上の方へのぼったやう」なのを見たことの恐怖と、その上に兄さん蟹が「その青いもののさきがコンパスのやうに黒く尖ってゐる」という魚を連れ去ったものの実体を見たことの恐怖とでは内実が違うはずだ。さらに、この恐怖は「魚が食べられてしまったのをしらな」（11）いのに感じたものであるから、死の恐怖ではなく、突然消えてしまうことへの恐怖である。父蟹は「魚はこわいところへ行った」と教えているが、「上の方へのぼっ」て消えたということは、「天井」を突き破って彼方からやって来た未知のものが、魚を彼方へと連れ去った、つまり、水の世界から忽然と消えてしまったという消滅なのである。これが、存在への不安を恐怖としてもたらすのだ。

このように子蟹たちの恐怖と出会う一方、子どもたちの感想は父蟹の存在に向いている。「小さなカニが大きな物のことを知りつくしているなんてすごいと思った。」（14）、「カニのお父さんはちしきがほうふだと思った。」(15)、「子どもに『あれはこれだよ。』とやさしく教えているお父さん」(19)と感心し、「お父さんの愛情がわかる。」(19)、「お父さんはカワセミのことややまなしのことをおしえていたし、それに子供カニがついてったと思いました。子供があとお父さんカニのことをすごくよくきいてると思いました。」(6)のように、父蟹が子蟹を守り教育しそれを受けとめる子蟹との心温まる関係をとらえている。「小さな谷川の底」で繰り広げられる小さな蟹の親子の交流に、「やまなしを親子のカニが追っている所が一番よかったと思います。」(10)というように素直に感動しているのである。

感想の中には、「川の中にカニがいて、それより大きい魚がいて、それを食べる鳥がいて、その鳥類をたべる人間がいて、その人間より強いワニ・ライオンなどのたくさんの命があるから、小さな生き物でも大切にしたいと思いました。」(2)という食物連鎖に触れたものもある。学習指導書(平成十一年版)の「主題とその指導」に「しかし、その生命は他の生命を奪うことによって維持されていくという冷厳な事実をも含んでいる。弱肉強食は自然界の厳しいおきてであり、避けて通ることのできない事実である。」という文言があり、「弱肉強食」あるいは「食物連鎖」が主題に関わるものというとらえ方をしている。それからすれば、(2)の感想は初発にしてすでに主題に迫るものだと言えようが、そのような性急な読みは文学の楽しみから疎外された読みであると言っていいだろう。

＊　＊　＊

ここまで、子どもたちの感想を取り上げながら、子どもがいかに「やまなし」を楽しく読んでいるかについて述べてきたが、しかし、やはり「内容がわかりにくい」という声もあり、また、クラムボンについては、その正体への疑問も多い。「五月に出てきたクラムボンというのは、いったい何なのかなあと思いました」(1)、「クラムボンがちょっと意味がわからなかった。」(9)、「クラムボンって何だろう。(中略) クラムボンは笑う物?生物?そして死んでしまった?もしクラムボンがカニだったら、どうしてカニが死んでしまったのだろう。クラムボンとは、カニではない物?クラムボンとは何なのだろう。」(20) というように、クラムボンの正体を明らかにしたいという気持ちを持っている子どもはかなりいると思われる。それは、ここに紹介した初発の感想から学習の読みがスタートし、読み深めを行っていく中で取り上げる問題である。

「やまなし」という作品は、「ほんたうにもう、どうしてもこんなことがあるやうでしかたないといふ」(注3) 谷川の世界の物語だ。語り手は、小さな谷川の底で、子どもを慈しんで育てている父蟹と、競い合いむつみ合って成長している兄弟蟹の暮らしを三人称客観視点で語っている。ここに紹介した子どもの初発の感想は、彼らがそんな物語の世界を楽しんでいることを示している。この子どもたちのように、物語の世界を楽しむことが文学の読みの基本であろう。そして、その基本から読みの学習は始まるのである。まずそのことを確認しておきたい。

参考【子どもたちの感想を集約したもの】

・表現がいい。　・人間とカニの視点の違いへの気づき。　・父ガニは知識があると認める。
・クラムボンとは何か。　・内容がわかりにくい。　・兄弟カニへの共感。　・カニの立場に立つ。
・カニの親子関係を肯定する。　・やまなしのその後と結末への興味。　・食物連鎖への気づき。
・主人公はだれか。　・カワセミ（とカニの関係）への着目。　・子ガ一の体験に着目。　・カニと
はどういう存在か。　・イサドへの興味。　・小さな生き物でも命を大切に。　なぜ題名が
「やまなし」なのか。　・五月と十二月の設定の問題。　・なぜ、りんごではなくやまなしなの
か。　・海と間違う。　・水中でのやまなし。
〈疑問に思ったこと〉
・内容がわかりにくい。……ことばが難しいという理由があげられている。
・クラムボンとは何か。……やまなし、カニの母親、カニの種類などがあげられている。
・やまなしはその後どうなったのか。……「お酒になったのか。」
・主人公はだれか。……「カニなのか、他の生き物なのか、やまなしなのか。」
・なぜ、「やまなし」という題名なのか。……「カニが内容の中心なの。」
・母ガニはどうしたのか。……『お母さんガニはどこにいるの。」

二、作品の何が問題なのか――読みはどう進められたか――

前節では、小学校六年生の初発の感想から、子どもは「やまなし」をどう読み、どのようなこ

とに疑問をいだいたかを明らかにした。では、研究者はどうか。先行論文を見ると、研究者は、子ども以上にこの作品に疑問を見出している。作品の何が、どこが疑問（問題）なのか、「やまなし」論として、また研究のあり方として、特に私が注目する四人の研究者の研究を次に取り上げておこう。

①西郷竹彦の場合

子どもたちの疑問にもっとも近い問題を取り上げているのが西郷竹彦である。そこで、まず西郷を取り上げ、西郷がどのような疑問（問題）を持ち、どのようにして読みを進めていったのかを見てみることにする。西郷は、次の点を切り口として読みを進めている。(注4)

西郷竹彦の論点

1、〈クラムボン〉というのは、何か。
・ミズスマシ　・アメンボウ　・プランクトン
・生物の一種　・水の泡　＊正体不明
2、〈死んだ〉〈殺された〉クラムボンと〈わらった〉クラムボンは別のものなのか。
3、兄弟カニの会話で、どれがだれのせりふなのか。
4、作品の題名が何故ほかならぬ「やまなし」なのか。
5、なぜ、活動写真ではなくて、幻燈なのか。
6、〈青い幻燈〉、青一色のはずなのに、カラフルで多様な色にみちあふれているのは？
7、幻燈とは（まぼろし）なのに、映像は極めて鮮明であるのは？

＊西郷は、谷川雁の「この物語は春と秋の二項対立によって成り立っており、後半部は作者の手書き草稿が示すとおり『十一月』でなければならぬことが了解されるとおもう。」に

「全面的に同意」し、初期形の「十一月」を採用している。

西郷は「『やまなし』は賢治の哲学・宗教・科学が芸術（散文詩）としてひとつに結晶したものである。そこには賢治の世界観がある。それは仏教的世界観と現代の自然科学的世界観とがいみじくもひとつにとけあったものとしてある。」と評し、「『やまなし』の謎のすべてを、しかもすべてがからみあったものとして一挙に解きあかすこと」を行おうとし、その追求が十八の章にまとめられて作品の読みとなっている。この西郷の謎解きによる読みの方法は、作品の読みとして有効だと思われる。「わからない」ことは、読みを停滞させるのではなく、読みの創造の手がかりとなるはずである。

しかし、西郷の謎を追求していく読みは、結局のところ、終章の「童話『やまなし』は、賢治の現代版『法華経』と呼んでいいのではないか。」に結びつく。「〈谷川の底〉を這いまわって歩く」蟹を「修羅」と見なし、「蟹の子供らと同化するとは、読者が他人ごととしてではなく己れ自身の中に修羅を自覚せざるをえない。」と言う。それは「蟹の子供らは、自己の無明、そこか

8、なぜ、他の色ではなく、この幻燈は〈青い〉色なのか。
9、〈私の幻燈〉の〈私の〉とは何を意味しているのか。
10、なぜ〈二枚〉なのか。五月と十一月の二枚だけが選ばれているのは何故か。
11、〈光の網〉のイメージが反復されているのは何を意味するのか。
12、五月は日光。十一月は月光。これらの光が何を意味するのか。

ら生じる煩悩を認識してはいない。己れの生命力が善へも悪へも向かう可能性については何一つ自覚してはいない。」ゆえの「修羅」である。幼いがゆえの無知を無明と呼び、無知ゆえの恐れを「煩悩」と呼ぶことで、「法華経」に重ねていこうとする読みは、文学の読みから限りなく離れていくことを必然とする読みだ。「読者（私）は、己れ自身のなかに蟹の子供らの煩悩を共有することを悟り、菩提心を起こし、解脱への道を歩むべく精進することがのぞまれる。」と説くことで「典型化」をはかるというのであれば、「やまなし」の楽しさ・不思議さ・おもしろさは読者から消えていく。読者は、文学作品に説教を求めるようなことはしないだろう。西郷竹彦の「やまなし」論は、「イーハトヴ」を体験できずに、作品を自分の堅苦しい説教の中に閉じ込めてしまった。

②谷川雁の場合

「十二月」の問題で西郷が「全面的に同意」したのが、谷川雁の「やまなし」論(注5)である。谷川の論は、語句を問題として取り上げている十一の節から成っている。それぞれの節にタイトルはないが、そこで何を問題としているのか、次にあげてみよう。

谷川雁の論点

1、谷川の底……「水の天井と中層と川底と、光の強さによって点滅する三種類の影があり、それらは一様にある方向へ流れて止まない。この光景をカニの眼となって眺めることは、作者にとっていささかも疑う余地のない涅槃の現前であるために、その姿勢はどこまでもゆったりと不動である。」

谷川雁は、「やまなし」を「作品の内容はとても一枚の静止した画面につくせるものではな」く、「映画でなければ表現できない」作品であるとする。そこで、映像として作品をイメージするところから読みを始める。

北国の五月の谷川は、「春の雪どけ水」で「水量が豊かで流れがはげしい」と谷川は言う。この岩手県の自然を考慮したイメージにはうなずく面もあるが、「やまなし」の「谷川の底」の流れははげしいものではない。光と影がゆらめき、泡が立ち上っていくゆったりとした流れなのである。にもかかわらず谷川は「この光景をカニの眼となって眺めることは、作者にとっていささかも疑う余地のない涅槃の現前である」

2、やまなしと樺……「樺桜と『やまなし』が沢をはさんだ両岸にアーチを作っている。そこからほんの少し川下のあたりが本編の舞台である。」

3、カニの人物像と「クラムボンとは何か」の問題……「サワガニと決めてよかろう。」クラムボンは「一定の兄弟だけが了解するカニ語である。」「カニのこどもがとらえた自然存在であって、人間のそれではないから、その内容を人間が見ればまさに〈かぷかぷ笑うもの〉とでもいうよりほかないものである。」

4、声はどこから耳にとどくのか……「説明者の声」は「黙示録の声だ。」カニはどういう意味で兄弟なのか……「兄と弟はたがいに競い合う存在」「父と子の物語である。」「父はやさしく、英知にみちている。」笑いと泡の問題……「カニの疑問、カニの沈黙はいつも泡の形をとっている。」

5、なぜかれらは〈死〉や〈殺し〉を口にするのか……「呪文に近い形で、ことばをもてあそぶ。」

と言う。流れが激しいのに「涅槃の現前」とは、いささかちぐはぐである。しかも、「カニの眼」で見たものは、「涅槃の現前」と言えるものではなかった。蟹の子どもの眼は、今いた魚が忽然と消え去るという、言ってみれば喪失の現実を見、恐怖におののいたのである。

谷川の読みは、「カニ」を「サワガニ」、「魚」を「イワナ」ととらえ、また、宗教儀礼を取り上げるなど、百科的な知識を駆使した読みである。下にまとめたように、十一の節ごとに、「黙示録」や「呪文」「いけにえ」などということばを用いて、「やまなし」を独特な世界として創造していく。そして、ついにはすべてが神事であったかのような宗教的な色彩を帯びてその読みを閉じる。

6・7、魚とかわせみの問題……「魚は使者であり、いけにえであった。」「かわせみもまた使者である。」「『やまなし』は父系の物語と言える。」
8、十二月の問題……「第二部の季節は秋でなければならず、初冬であってはならない。」「この物語は春と秋の二項対立によって成り立っており」
9、作品構造……「みごとな反復・再帰と予見・誘導の複合」
10、あわの大きさを競う遊びは単なる思いつきの競技だったのか……春の「〈笑い〉と〈死〉に関するクラムボン論議」は「春の到来をことおぐ太夫と才蔵の万歳あった。」
11、やまなしの意味……「秋の終わりの神聖な贈り物。それは越冬するカニたちにとって、この上もなく貴重な食料である。」

「司祭としての父は役目をまっとうした。それにしても、こどもたちも無意識の祭儀をよく執行した。」とあることから、谷川はこの作品を春の犠牲（いけにえ）と秋の贈り物の物語、つまり宗教儀礼を物語化したものと読んでいると思われる。「宗教儀礼―それは天地の運行に悲しくも愛らしくはめこまれている生命の輪廻をなぞる、無心のあそびに由来する、と作者は言う。」と述べているが、そのことは、賢治の意図が、蟹の親子の営為を「生命の輪廻をなぞる」ものに通じるものとして描くことにあったということだろうか。

確かにこの作品には「生命の輪廻」が、魚・鳥、やまなし・蟹という、二つの対になる生き物によって描かれている。しかし、蟹たちは、父蟹であってさえ、「生命の輪廻」などの思索はなく、自らの生をひたすらに生きているだけだ。その無心の生き物を、「司祭」と見立てるような、作為にも似た意図を賢治が持っていたとは考えられない。心象スケッチの世界は、自然がくれた物語として生まれたものであり、蟹の生を描くこと、つまり自然の生を描くことが、心象の中にあらわれた自然を語る賢治のそうせずにはいられなかった語り手としての必然だったのではないだろうか。

③続橋達雄の場合

続橋達雄の場合(注6)は、まず、初稿成立の問題を取り上げ、「このような詩の世界、詩心のたかぶりを参照すると、〈日光の黄金は夢のやうに水の中に降〉る五月の谷川のせせらぎに胸おどらせ、『やまなし』の作品が生まれていったと、想像したくなるのである。」とする。作者である宮沢賢治の評伝的検討が先になされると、作品を読む前提条件ができてしまうのではないかということを懸念しつつも、「作品中のいくつかの語句にこだわりたい。」といって展開される、続橋の読みを追ってみよう。

続橋は、まず、「底」と「幻燈」を取り上げる。そして、「底」は、「宇宙空間の底にいるという意識＝実存感覚とでもいうべきものか＝でいのちあるものの姿をとらえようとしている」ところの賢治であるから、「蟹の世界へたやすく想像力を働かせることになったのであろう。」とする。「幻燈」については、「現実界空間に非現実の美的空間をかさねあわせる〝二重の空間〟とでも呼ぶべき世界」を出現させるも

続橋達雄の論点

- 青びかりのまるでぎらぎらする鉄砲弾のやうなもの……「子蟹にとって衝撃的なはじめての経験を語る。」
- かわせみ……「かわせみが魚をとるものの蟹はとらない、ということで、父蟹は子蟹を安心させる。」
- ラムネの瓶の月光……「月光の捉え方は多様である…」
- イサド……「岩谷堂かと推定したり（中略）母蟹が登場しないのを関連づけて病院のあるところかと考えたり、諸説紛々である。」
- キラキラッと黄金のぶちがひかる……「『山男の四月』では、〈お日様は赤と黄金でぶちぶちのやまなしのやう〉であり、黄金のぶちが印象深かったらしい。」
- 遠めがねのやうな両方の眼をあらん限り延ばして……遠めがね・鼻眼鏡・ナイトグラス・オペラグラスなど、当時にあってはハイカラなイメージがあったのではないだろうか。」

のとしている。続橋の方法は、賢治の他の作品と重ね合わせて読むことにある。「青くらく鋼のやうに」の「鋼」については数首の短歌や「鳥の北斗七星」などの作品を参照しながら、「何かに閉じこめられたような息苦しさ、つめたさ、あるいは不気味さを感じさせる水底」というイメージを作っていくとする。このような方法は、文学研究者の続橋だからできることであって、子どもたちの読みの方法にはならない。しかし、続橋がこだわった語句は、西郷の謎と同じく、読みの手がかりを示すものとなっている。それは、囲みの中に示したような語句だが、それらの語句を追求することで「やまなし」の世界の本質を明確にしたとは思われない。

　なお、子どもの疑問の「なぜ、『やまなし』という題名なのか。」という問題について、これは西郷の謎では「作品の題名が何故ほかならぬ『やまなし』なのか。」となっているが、続橋は、「タイトルはなぜ『やまなし』なのか」として取り上げ、奥田弘の「……青じろく燃える畏怖の世界には黄金に輝くやまなしが、賢治の心にどうしてもひつようであったのだろう。」という読みをふまえて、「蟹の親子をつゝみこんでの〈谷川の底〉の世界を通し、宇宙のいのちの息吹に触れることになる。」から「やまなし」という題名にしたと述べている。また、子どもの疑問でもある「母ガニはどうしたのか。」も取り上げ、それについては「ある種の欠落感を否めない。」にとどまっている。続橋の「やまなし」論は、賢治童話の作品群の中で読み進められたものであるから、作品の本質に迫ろうとする勢いはないと思われるが、「宇宙のいのちのいぶき」ということばを用いている点については共感する。このことばは、谷川雁の「生命の輪廻」と通じると思われるが、私はそれを、自然界の摂理としての〈生命の連環〉を指すと考える。今、現前にあるのはわずかに小さな蟹の命にすぎないが、その命は、悠久の時間の中で、生命の営為がくり返されることで生み出されたものであり、その死もまた生命のくり返しのひとつの現象として行われる。やまなしをその象徴とし、そこに、「やまなし」の意味を認めようとする読みに、私は意味を見出すのである。

④須貝千里の場合

須貝千里の読み(注7)は、「やまなし」が「分かりにくい作品、指導しにくい教材」であるにもかかわらず、三十年にわたって教科書に収載され続けてきた事実をふまえ、「この不思議な事態を生み出し続けてきた何か」を明らかにする「試みである」とされている。

須貝は、まず、学習指導書に掲載されている上笙一郎の「〈分かる〉作品と〈分からない〉作品」を取り上げ、その読みを「プロット中心の読み方が〈分

須貝千里の論点

1、「二枚の青い幻燈」が「私の幻燈」になることで生じる歪みの問題……「『幻燈』を映し、語っている人の領域に属する問題」

2、「幻燈」であるにもかかわらず「時間的な推移」がある問題

3、クラムボンやイサドの問題……「〈分からないこと〉は〈わからないこと〉として」

「『幻燈』を映し、語っている人の、賢治のよく使う言葉で言うならば、『心象』を問うていくこと」

4、五月に起きたこと……〈ことば〉によって外界が〈わ

からない〉作品を〈分かる〉作品としようとして到達した地点」とする。そして、上の「『五月』と『十二月』の関係は『対比であると同時に『照応』である」という読み方』は、「〈分からない〉作品を〈分かる〉作品としていくためのヒント」を与えたと言う。須貝は、「対比と照応」の物語と読むことを「こうした指摘はとりあえず了解しうる」と言うが、その一方で、「『五月』と『十二月』に〈対比〉の関係を発見させ、次いで両者の関係に〈照応〉の関係を見いださせ、そうした物語に〈人生〉というものを発見させていこうとする。」ことを否定する。そう読むことで「〈読み〉が停止させられ、読者の価値観によって作品は抑圧されてしまっている」と厳しく断じる。まったく同感である。また、

たしのなかの他者〉として自己化されていく事態。

5、父カニの存在……「外界の秩序化」をはかる（教え、伝える）もの。

6、十二月に起きたこと……外界が教えられずして〈わたしのなかの他者〉と化している事態。

7、二疋の蟹の子供らの物語とは……「『二疋の蟹の子供ら』の成長の物語は成長を問い直すこととともに語られている。」

8、「五月」と「十二月」の光の「ゆらゆら」、その尋常でない光の美しさが照らすもの……「『日光の黄金』と『ラムネの瓶の月光』は『二疋の蟹の子供ら』の成長の物語に孕まれている問題」を照らし出す＝「自らの〈生〉の問題がいかなるものであるかということの自覚を強いる鋭く厳しい光となることが求められている。」

「この二つの月の関係には、『二疋の蟹の子供ら』の外界との関わり方と言う点での連続性と違いがあることを看過してはならない。」と言い、子蟹の「外界との関わり方」に、二つの月で「連続性と違い」があると指摘する。五月と十二月の間にあるのは、成長の問題なのである。

須貝の読みは、「三〇種類を超える『やまなし』の作品研究や教材研究、実践報告に目を通して、その大方の読みに反旗を翻すものとして試みられている。作品の内容に問題を見出すのではなく、先行研究における読みに問題を見出しているわけだから、須貝の読みのスタート地点は明確である。この読みの方法は、直接、六年生の子どもの学習に生かすことができるものではないが、須貝はどのようなことに読みの視点を置いて、読みの成立を目指し、どのように読み進めたかを追うことにする。

須貝の読みは、前出の本論のあとに付された所感交感「もうあの『五月』には戻れない……」の方に、より鮮明に述べられていると思われる。その中で、「やまなし」を次のような作品として意味付けている。

宮澤賢治「やまなし」の世界は、言語の活動を通して〈社会〉と呼んでいるような関係をつくり出していくことを肯定的に受けとめようとすることと、そうした関係がわたしたちの外界との関係を固定的なものにしてしまい、その事態に呪縛されていくこととの矛盾、葛藤の世界である。

須貝は、五月から十二月への蟹の子どもの成長を「外界を〈ことば〉の社会的な約束ごとに基づいて意味付けていく段階」への成長ととらえ、さらに、「問題は、成長することが分かることと分からないことの矛盾、葛藤を生きることに他ならない点にある。」と言うのである。確かに、成長とは「外界を言葉によって意味づけていく」ことであり、そのことが五月や十二月のできごととして描かれている。子蟹は魚や鳥を知り、彼らの関係を知った。忽然と消えてしまった魚への疑問も、父蟹の「こはい所へ行った。」ということばで了解された。魚は消えてしまったのではなく、この場から「こはい所」に移動しただけのことだと、できごとに理屈がついたのである。こうして、外界のさまざまな事象にことばを与え、意味づけをし、それが自分の中に秩序づけられていく、まさにそのことが成長であろう。しかし、それは、ほかの者にとっては意味不明の「クラムボン」のようなことばを生み出すということではない。成長の段階が進むということは、須貝が言う「〈ことば〉の社会的な約束ごとの中に飼い馴らし」されていくということでもある。

須貝は「成長すること」は、「分かることと分からないことの矛盾、葛藤を生きること」だと言い、「このことに自覚的なのは『蟹』たちではなく、『私の幻燈はこれでおしまひであります。』と言う『私』なの」だと結論する。即ち、蟹の子どもの成長は、「〈ことば〉の社会的な約束ごとを身につけ、外界を〈わたしのなかの他者〉として意味付け、秩序付けていく」と同時に、そのことで、「《他者》を消去していく」ことで、この「やまなし」は、そのような困難な他者の問題をひらいていった作品だと読むのである。「やまなし」に成長の物語を見、そこに「分かることと分からないこと」に他者の問題をとらえる須貝論文の視点は示唆に富むものだが、この作品に即して私に理解できないのは、「《他者》を消去していく」という点である。この物語の最後、やまなしの匂いの中で帰って行く蟹の親子に、語り手は他者を消去する問題を見ているだろうか。そのことに関する私の読みを記しておきたい。

須貝の指摘のように、蟹たちは疑問を追求することはせず、思索することもなく、小さな世界で蟹としての生を生きている。わかるということは、わからないことをわかることなのだというような逆説を知ることもなく、「矛盾」や「葛藤」を自覚することもない。しかし、そのことを語る語り手の視線は、成長しつつある子蟹たちと成長をとげた父蟹にやさしく注がれている。「おいで」と声をかける父蟹、それに従う子蟹、そこに自然の摂理を超える生あるものの情愛を見ているのだ。子どもの感想に「やまなしを親子のカニが追っている所が一番よかったと思います。」(10)というのがあるが、守られ教えられつつ成長する子蟹とそれを育む父蟹の関係に、素直に感動したのである。そういう意味では、「やまなし」に描かれた成長は、祈りと愛護の視線を受ける特別な時期のものである。自立に向かうものではないから、自他の違いを知ることで自己認識し、自己と社会の関係をとらえる中でさまざまな矛盾と出会い、自己と向き合って苦しむような脱皮の成長ではない。子蟹にとっては〈世界がやってくる〉とでも言うような、さまざまな事象との出会いの体験をすることである。語り手は、父蟹と同じ愛護の視線で子蟹を見つつ、それが永遠に続くことでないことを知っているからこそ、親子の物語を祈りに似た思いで語っているのではないだろうか。

三、何を読みの問題とするか――子どもの視点からの読み――

以上、諸家の論について、その内容と読みの方法について検討を加えたが、再び子どもたちの感想に戻って、疑問や問題を取り上げながら論を進めていくことにする。子どもたちの疑問や問題は、それが初発の感想に見られるものであっても、決して諸家の論から遠く離れた次元の低いものではない。それどころか諸家の取り上げている問題と重なることが多い。そこで、疑問や問題が集中した「クラムボン」の問題、主人公の問題、題名の問題の三点について、以下に論じることにする。

1　クラムボン――兄と弟――子蟹の視点

クラムボンとは何かという疑問については、西郷、続橋、谷川、須貝の諸氏ほか、「やまなし」を論じる者は触れないではいられない問題である。しかし、諸説が入り乱れ、具体像としてクラムボンを明らかにした者はいないと言っていいだろう。子どもたちは、クラムボンをわからないままにしておくのが落ち着かないのか、「やまなし、カニの母親、カニの種類、空気、あわ、波、水に映ったもの、クラゲ、魚」などと自由に想像している。「たくさんいる」とする者もいるが、「結局、クラムボンて、なに?」という疑問に戻っていく。上笙一郎は「クラムボンが何であるかを子供たちに自由に想像させることも、如何にもこの童話らしい文学教育になるのではないか(注8)」と言う。

前節で諸家の読みの方法について触れたが、学習の場では疑問を解決するために読むということがよく行われる。「クラムボン」は、だれもが疑問に思うことばであり、正解がないために「クラムボンてなんだろう。考えてみよう。」というような学習課題を設定することが多い。子どもたちは自由に想像し話し合い、自分たちのクラムボンを確定していく。しかし、クラムボンを決定づけることばが作品の中にない以上、クラムボンの造形は読者の自由であって、話し合いながらイメージを豊かにしていくことには意味があるが、そのどれかに確定する必要はない。もっと言えば、その形態や種や生物かどうかでさえ、実はどうでもいいことなのだ。クラムボンを想像することは、読みの学習というより楽しい遊びである。では、クラムボンの問題はどのように扱えばいいのだろうか。

まず、クラムボンが出てくるのは蟹の子供の会話の中だけであるということを確認する。正体を知っているのは子蟹たちだけということだ。そこで谷川雁は、クラムボンとは「カニのこどもがとらえた自然存在」で「〈かぷかぷ笑うもの〉とでもいうよりほかないもの」であるととらえる。そして、クラムボンとは「二疋の兄弟だけが了解するカニ語」であるとする。谷川の指摘のように、クラムボンは蟹の兄弟が互いに理解し合えることばであり、子蟹たちはそのクラムボンをわらったり死んだりするものであると見ている。子蟹たちが見たものはどのような存在だったのだろう。

クラムボンを問うことはその実体を明らかにすることではない。それはできない。また、自由に造形することは、意味のないことではないが追求にはならない。つまり、クラムボンを実体として確定することにはあまり意味がないのだ。この場合、大事なことは、クラムボンを実体としてとらえることではなく、子蟹たちとクラムボンの関係をとらえることである。二疋の子蟹の会話から、彼らがクラムボンと呼ぶものをどう認識しているか、つまり二疋の子蟹にとってクラムボンとはどういう存在なのかを明らかにしていくことに意味があるのだ。さらに「どちらの会話が兄であり、どちらが弟か、という討論をしても何の決め手もない」と岡谷昭雄は言うが[注9]、「決め手」はないものの、二疋の蟹のことばのやりとりの上から「奇数番の発話者は弟、偶数番は兄と見ることができる[注10]」とした方が、兄弟の関係がとらえやすい。つまり、「それならなぜ、クラムボンはわらったの。」（第七番のことば）あるいは「それならなぜ殺された。」（十三番のことば）という疑問は、弟が発したと考える方が自然だからである。

会話は、弟蟹が「クラムボンはわらったよ。」と始め、兄は「クラムボンはかぷかぷわらったよ。」と続ける。クラムボンは「かぷかぷわらった」り「跳てわらった」りするものだということを、兄弟は共通認識していることがわかる。弟は兄に「それならなぜクラムボンはわらったの」と尋ねるが、兄の答えは「知らない」である。弟蟹は、兄に向かって二度も「なぜ」という問いを発している。おそらく、ようやく世界が見えてきた時期で、身の回りのさまざまな現象に興味津々で、何でも知りたがって、しきりに「なぜ」という問いを発するのだ。その問いに対して、年齢の近い兄はいつも答えることができない。兄は、クラムボンが「わらう」ことは知っていても、「なぜ、わらうのか」を知っているほど、体験も知識もない。しかし、弟は「知らない」と言う兄をそれ以上追求しない。彼は、問うこと自体がおもしろいのであって、正しい答えを要求しているわけではないのだ。

そして、二疋がともに「五六粒泡を吐」く間、会話は途切れる。その時、頭の上を魚が通り過ぎる。日光は外の世界から水中に降ってくるわけだから、当然、二疋の蟹の頭の上から魚の黒い影が落ちてくる。一瞬のかげりは、弟蟹に暗い気分をもたらしたかも知れない。弟は、今度は「クラムボンは死んだよ」と言う。この会話から察すると、子蟹にとってクラムボンの死は深刻なものではない。おそらく、目の前に死というできごが起きていて、それをとらえて言っているのではなく、かつて話題にしたことがあったということではないだろうか。しかし、二疋が共通理解している「クラムボンの死」のはずなのに、兄は「死んだ」を「殺された」と訂正する。兄にとって「死んだ」と「殺された」とは、まったく違った現象なのだ。だから訂正しないではいられない。しかし、弟にとってその現象は死であり、死の原因を言っているわけではない。そこで「死んでしまったよ……。」とくり返して強調する。弟にとっては〈死〉という現象が問題なのであり、一方、兄にとっては、その死の原因が問題になっている。兄にとっての世界は、ものごとには理由があるというほどには認識が深まっている。兄は「殺されたよ」とくり返す。不満な弟は「それならなぜ殺された」という問いを、兄に突きつけるが、殺されたから死んだという認識はあるものの、やはりまだ幼い兄は、なぜ殺されたのかという問いには答えられない。そしてそのことは兄にとって苦ではない。素っ気ないほどに「知らない。」「わからない。」と答えている。それは、クラムボンの話題は、たとえその〈死〉が語られようと、彼らに深い関わりを持つものではなく、会話は掛け合いのおもしろさを味わう〈となえことば〉もしくは〈となえ歌〉のように発せられているからだ。兄は、むきになる弟の幼さをいとおしく思ったのか、あるいは、からかいのつもりか、弟の頭に脚をのせる。兄弟のスキンシップである。弟の問いに適切な答えを出せるほど、まだ兄も成長していない。

再び、弟は、掛け合いになっている会話の楽しさをくりかえそうとして「クラムボンはわらったよ。」と言う。これは、死んだクラムボンが生き返ったことを言っているのではない。クラムボンというものが、わらったように見えたり死んだように見えたり、殺されたように見えたりしているのだ。兄は、今度は弟のことばを受けとめて、そのまま「わらった。」と言う。

おそらく、クラムボンはあまり大きなものではなく、子蟹たちに「わらった」ように見えるリズミカルで軽快な動きをしているのであろう。また、その動きが停止することは「死んだ」と同様に見なされ、直接、生命の終焉をさすのではないだろう。蟹の兄弟には、動きが停止したものは、死んだと同じことなのである。そして、動きの停止が他の者の力によってなされた場合、兄はそのことを「殺された」と呼ぶのである。

この兄弟の会話で明らかになることは、「クラムボン」の正体ではなく、クラムボンという音声化して楽しいことばを、くり返し口にして遊んでいる蟹の兄弟の幼さである。「死んだ」ということばも「殺された」ということばも、それ自体は知っているが、魚が消えてしまったことへの驚きと恐怖から見ると、「死んだ」とか「殺された」とかいうことばの内実は知らないのだ。知らないからこそ、〈となえことば〉のようにくり返すのだ。

この幼い二疋の子蟹の会話から明らかになることはこれですべてだ。しかし、あえてこのあどけない会話に意味を見出そうとするなら、私はここに、この物語の隠喩として〈生命の連環〉という世界観を見る。蟹の子どもらは、無邪気に、そして無意識に、クラムボンの死を語り、再びクラムボンのわらいを語る。つまり、死と再生である。語り手は谷川の底に身を置きながら、「天井」の上の世界を知るものとして、すなわち彼方を見ることができるものとして、数々の死を見、再生を見てきた。泡は生じ消滅したし、魚は現れ消えたし、花びらは天井に浮かんで流れていった。そしてそれらは、何度もくり返され、尽きることはなかった。生まれたものは必ずや生命の終わりを迎えるが、また再び生あるものとして生まれるという語り手の世界観が、蟹の子どもたちのことばに表されたのだ。彼らは無意識にクラムボンの死と再生＝わらいの復活とをことばにする。語り手は、クラムボンの死と再生、それを凝視する兄と弟の子蟹を語りながら、この物語の隠喩として〈生命の連還〉という世界観を示しているのではないだろうか。谷川雁の言う「生命の輪廻」、続橋達雄の言う「宇宙のいのちのいぶき」に通じるものである。

しかしながら、子どもの読者にとっての関心は、クラムボンが何者であるかということだ。そのことが確定しない限り、冒頭の「わからなさ」をひきずりながら作品を読むことになる。そこで、一人ひとりが「かぷかぷわらい」「はねてわらい」「死んだり殺されたり」する。谷川の水中に棲むものをクラムボンと呼ぶことにしたらいいだろう。幼い蟹の日に映ったと思われるものを想像し、彼らと同じように命名するのだ。それは泡でもいいし、プランクトンでも、ボウフラでもいい。

2　主人公――幻燈の視点――語り手

主人公は蟹の子供たちである。しかし、はじめに「小さな谷川の底を映した二枚の青い幻燈です。」という作品世界に誘う開演の口上があり、最後に「私の幻燈はこれでおしまひであります。」という終演の口上があるため、いわゆる額縁構造と呼ばれているのだが、単に、蟹の親子の五月と十二月の物語というようには受け取れない。その上、題名が蟹に関わることではなく、後編に登場する無生物であるやまなしを取り上げているので、題名に関心を持つ子どもほど、とまどいを感じることになる。しかし、どの人物を軸としてストーリーが展開しているかと言えば、それは子蟹の兄弟であるから、やはり主人公は蟹の子どもたちである。

ところで、この幻燈はどのような映像を映し出すのであろうか。「やまなし」を読んで絵を描かせるという実践は、作品のイメージ化ということで最近頻繁に行われているようだが、私が知ったのは府川源一郎氏の実践(注11)においてであった。「水中に視点を置いた賢治によるスケッチといってよい作品である。」と言う府川は、学習を文章の読みから絵画へと発展させ、自分の絵に解説をつけたあと、最後にもう一度本文に戻って読み取りを深めさせる。この時子どもたちが描いた絵は三例紹介されているだけなので判断しかねるのだが、かつて私が同じように絵を描かせた時は、小学生から大学生まで、五月と十二月の場面の違いはあっても、ほとんどが断面図のような構図で、蟹と水面との間に視点を置いた絵であった。そしてそのほとんどが、西郷が描いて見せたように、[注12]絵の上方に水平線を引き、下方には底の線を引いて、その上に蟹を描いていた。これはまさに、谷川の断面図そのものである。西郷は「この場面の情景を語る話者の視点は、あきらかに〈水の底〉にあり、そこから〈水〉の〈上の方や横の方〉を見て語っている」と言っているが、厳密に言うと、底の土もしくは砂、岩の断面を描くような「話者の視点」は、蟹に寄り添った水の底の視点ではない。この「話者」は、水底の蟹の子どもらとごく近い位置に視点を置き、しかもどの人物とも「同化」せずに、蟹の物語を第三者として語り続ける。吉本隆明は「水底の蟹の眼になった視線と、川の流れを横断面からみているもうひとつの語り手の眼の二重視線にわたしたちはひきこまれている。[注13]」と言っているが、「語り手」の眼は、幼く無邪気な蟹の子の眼にはなり得ない。蟹の子供は自分の周囲の、ごく狭い世界を見つめながら、その世界を広げつつある成長の途上にあるのであって、もっと多くのものを見、もっと広い世界を認識しているはずの「私の幻燈」を映じている者の眼とは重ならないのだ。しかし、蟹の子供と世界を同じくできない語り手であっても、蟹の子供のすぐそばで、同じように水底に自らを位置させ、同じできごとを眺めることはできる。

語り手の位置を確認したところで、それが水中であるということを忘れてはならない。子どもは、そのことをちゃんと意識していて、「私は川の中で上を見てみたことが無いので、どんな感じなのか知りたいです。」(18)と言う。まさに、「川の中で上を見」る、人間にとってはあり得ない位置、蟹の位置から世界の把握が行われているのだ。しかも、それは「人は外から川をながめているから、水を通して見た景色なんてわからないけど、カニたちはずっと川の中にいて、流れている水を通した景色を見てたくさんのことを思ったり考えているんだなあと思いました。」(3)という感想にあるように、「流れている水を通した景色」なのだ。風が一方から吹き続けるように、川上から川下にたえまなく流れのある世界の把握は、どのような意味を持つのだろう。

冒険とも言えるような試論を述べるなら、水の流れは、目に見えないはずの時間を顕在化したものだとは言えないだろうか。谷川の流れの中で子蟹が成長し、魚はえさを捕食し、その魚は捕食される。やまなしは、熟して木から落ち、植物であることを全うして、今度は水の時間の中で、「いい匂ひ」を放ちながら、「ひとりでにおいしいお酒」に生まれ変わる。そして、蟹の飲み物となって、〈生命の連環〉に位置づくのだ。語り手はそれを見ている。子蟹を対象化しつつ、その子蟹の視点で生命の連環を見、時間の流れの中に生きている子蟹を語っているのだ。

3　子蟹の成長――やまなしと題名「やまなし」――語り手の願い

物語は蟹の子供が中心で進められる。だから、主人公は蟹の子供である。蟹の子供らは、水の底でさまざまな体験をしながら成長する。その体験のどれが、彼らの生を支える力となるのだろうか。クラムボンは、大人になった彼らには、もう話題として取り上げられないかも知れない。

魚は、「何か悪いことをして」いるにしても、それは、彼らを脅かすものではないことを知るだろうし、その魚は、実はカワセミに殺されて、「こわい所」に行く宿命を負っていることも知るだろう。彼らにとって、自らがどのような世界に身を置いているかを知ることが、成長であり生きることなのだ。しかし、魚もカワセミも、彼らの頭上を過ぎていく関わりを持たないものたちである。幼い子蟹が感じた恐怖は成長とともに消え去り、魚が何かを捕っていても、カワセミが魚を連れ去っても、彼らはそこに、生きものの自然の摂理を認めるに過ぎなくなるだろう。

しかし、やまなしは、外の世界から、まさに彼らのものとして訪れ、彼らの生命となる。蟹の子供らは成長するにつれ、やまなしに対する認識を深めていくにちがいない。語り手はそれを願うのだ。父蟹は、いつか彼らに、天上のやまなしの物語を語るかも知れない。春、彼らの見知らぬ天井を超えた向こう側の世界に咲くやまなしの花のことを。秋、「キラキラッと黄金のぶちがひかり」っているやまなしの実のことを。蟹の世界に賜った天井の食べ物のことを。

語り手は、蟹の子供の物語を語りながら、外の世界から彼らに与えられた、彼らの糧になるやまなしに、神の采配であるかのような自然の摂理を感じ、神聖なものと思えたのではなかったか。だれか他の生命をあがなうために身を投げるといった凄絶なものではなく、生命を全うした上で、こんどは「ひとりでに」他の生命の糧になることができるのだ。子どもの感想の中に「このやまなしはその後どうなったのかと思いました。」「最終的には、やまなしはどういうふうになったのかが気になります。」というのがあるが、もちろん、やまなしはその後「おいしいお酒」になったのだ。やまなしのお酒は、冷たい冬を過ごす蟹たちを体の中から温めるだろう。そして、やまなしの生命は、蟹たちに受け継がれていく。個体の死は〈生命の連環〉に位置づくことで、次の生を生きることができる。「食物連鎖」のような「食う・食われる」関係を超えて、〈生命の連環〉を構想できたら、いかなる死もまさに生となる。それを願う語り手の思いが、「やまなし」という題名に結実したのである。

＊　＊　＊

子どもが疑問として提出した問題を手がかりに考察してきた。残るのは「母蟹」の問題である。しかし、この疑問は、自然と解消されるはずだ。子どもたちの現実の生活を見ても、家庭に父と母と子どもがそろわない場合が増えている。子どもがいるところに母親あるいは父親がいるとは限らない。父でも、母でも、だれでも、子どもたちを守り慈しんで育てる存在があることが大事なのだ。もし、この物語に母蟹が登場しないことを、父と息子の父系制に位置づく物語だからと読めば、違った読みがあらわれるであろう。

確かに宮沢賢治の作品には、母親の存在が希薄である。母親だけではなく、女性の登場人物は極めて少ないのだ。なぜ、そうなのかは、今のところ不明である。しかし、この物語を谷川雁のように「父が〈司祭〉、子が〈侍童〉をつとめ、犠牲の魚と供犠執行者の鳥を加えて、完全な父系の祭りが行われる。」と読み、西郷竹彦のように「私は『やまなし』を賢治の現代版『法華経』とみる立場から、この世界における〈お父さんの蟹〉を法華経の譬における〈父〉にかかわらせて考えてみたい。」と読めば、必ずや父の役割・男子の役割、母の役割・女子の役割が問題となってくるであろう。言うまでもなく、賢治のジェンダーも問題となるであろう。その問題には慎重でありたいのだ。賢治の何という作品に、どのような女性像、男性像が描かれているのかということは、その視点から全作品の検討を行う必要があると考えている。そのため、今、あえてそうすることはせず、たまたま、兄弟と父親の物語になったととらえておく方がいいと判断するのである。

四、残された問題は何か――読みはどこに向かっていくのか――

前節まで、子どもの感想の中の疑問を手がかりに、「やまなし」を読んできた。この方法は、西郷のものであり、続橋も谷川も、同じような読みの過程をとったと言える。子どもの学習も、同じような過程で進めていくことができるだろう。

1　人生訓を読む子ども

子どもの感想文で始めた本稿は、まず、子どもの感想文で残された問題を明らかにしたい。

> 1、やまなしをやって学んだ事は、五月と十二月両方に死がある。だから、生きる物には死があるという事。魚の死は、突然の死。「かわせみ」がいきなり出てきて、魚を捕っていった。人間で表すと、のんびり道を歩いていたら、車にひかれた、という事である。十二月には、一つの一生を終え

た「やまなし」の死がある。人間で表せば寿命である。それをかにの子供達が目の前で見ていたのだ。よってその物の死を目の前で見ていた子供達は、心にズキンときた。しかし、この世に生きる物には死は必ずひそんでいるのである。（中略）一番この話を読んで思ったのは、今自分け「生きている」という事である。そう思わせてくれたのも、宮沢賢治作「やまなし」なのだ。言葉では上手に表せられないが、「やまなし」によって僕の心に「生きる自信」がわいてきた気がする。（後略）

「生きるということ」より

・十七時間にわたって「やまなし」を学習した子どもが、学習のまとめとして書いた感想文の抜粋である。授業者は原宏先生（長野県辰野町立辰野東小学校）。(注14)

2、ぼくは、「やまなし」の勉強で、いろいろなことを読み取った。五月は、最初に春だから、「生」明るい感じだと思っていた。読み深めていくうちに、死を表しているのではないだろうか、と思い始めた。もっと読み深めていくと、これは、現代の世界だ、と思うようになった。五月は、魚を取ってかわせみが生きる。現代は、牛・豚・鳥・魚を取って人間が生きるからである。十二月は冬だから「死」と思った。しかし、「生」だった。文の中からも、「生」だということがわかった。（中略）勉強をすすめているうちに、賢治は何を言いたいのか、何をうったえたいのかを知りたくなった。僕は、「五月」では、かわせみのように他の命を取らなければ生きていけない悲しさを言っていると思う。「十二月」では、賢治の理想の生き方を言っていると思う。自分は死んでも他の人のためになるような死がいいということを言っていると思う。現代の世の中は、自殺、殺人、などが多い。命を大切にしろ、「十二月」のやまなしのように、かにたちのように生きていけ、命を大切にして生きろ、生きることの幸せをあじわえ、こう賢治はうったえているのだと思う。

・十三時間にわたって「やまなし」を学習した子どもが、学習のまとめとして書いた感想文の抜粋である。

授業者は吉丸蓉子先生（岩手大学教育学部付属小学校）(注15)

1の感想文も2の感想文も、ともに優れた感想として紹介されているものである。1については一例だけの紹介であり、2については感想の内容に大きな個人差が認められなかったので、掲載しやすい作品を選んだ。「やまなし」について書かれた感想文は、その多くに共通点がある。1、2の感想文は、その共通点が見出しやすい。それは、前掲の須貝が指摘するように、「五月」と「十二月」を「対比・照応」させながら、「〈人生〉の発見に向かっていく道を提示」したがゆえに、作品を離れて人生訓の読みとなってしまっていることだ。二つの文章には、主人公であるはずの蟹の子供の存在は希薄だ。

「五月」と「十二月」は、季節も、時間も、できごとも、対称的に描かれている。だから「対比・照応」は、読みの方法論として取り入れ、それぞれの違いを明らかにする上で有効である。しかし、幻燈として、二つの場面は断絶していても、水の時間は二つを大きな流れの中の連続するものとして意味づけている。そのことは、何より登場人物である蟹の子供に見ることができる。「五月」から「十二月」へ、蟹の子供は成長し続け、その世界を広げていっている。「十二月」にあわの大きさを競う彼らには、「五月」のことば遊びのような会話(注16)をするあどけなさはない。蟹の子供らの成長を見つめる語り手は、蟹の子供にとって、世界がどのように開かれ変化しているか、それを語っているのだ。

かつて「賢治菩薩」と言われ、求道者としてあがめられた賢治については、その作品から、人生訓を見出したという感動的な読みがなされることが多い。しかし、特に教室においては、そのことを否定し、作品を読むこと、作品のことばと出会うことを強調し続けなければならない。上掲2の感想文の場合も、子どもが発見し考えたことは、まちがいであるとは言えない。「やまなし」という作品が「生きてあることの大切さ」を訴えている作品だと読み、生きる力を得たのであれば、そこに読みのまちがいはないはずなのだ。しかし、やはりそれは、作品の読みではない。もう一度、水の底の子蟹の傍らに身を置く語り手を発見し直さなければならない。なぜ、語り手はそこに身を置いているのか。そして、なぜ、子蟹と父蟹を見つめながら、「五月」と「十二月」の場面を切り取って、「私の幻燈」として差し出したのか、その真意を考えねばならない。

2　語り手の意図

次に残されているのは、語り手の問題である。

この作品は、「二枚の青い幻燈」を映写している者を語り手として展開する。語り手は、幻燈を映写する前に「小さな谷川の底を映した二枚の青い幻燈です。」と言い、その終わりには「私の幻燈はこれでおしまひであります。」と終演を告げる。この作品には、語り手の存在が露わである。

「やまなし」は一九二四（大正十三）年四月八日付の「岩手毎日新聞」に掲載された作品だが、同じ年の十二月一日付で発行された童話集『注文の多い料理店』にも、「序」に「これらわたくしのおはなしは、みんな林や野はらや鉄道線路やらで、虹や月あかりからもらってきたのです。」とあって、ここにも「わたくし」という語り手が明らかにされている。そして、おそらく「やまなし」の語り手も、この「おはなし」を「虹や月あかりからもら」い、「ほんたうにもう、どうしてもこんなことがあるやうでしかたないといふことを」幻燈という媒体で心象スケッチしたのであろう。しかも、この幻燈は、たまたま映じられたものではなく、露わになっている語り手が、何らかの意志をもって映写したものだ。語り手は、この作品で何を伝えようとしたのだろうか。今一度、作品をたどってみたい。

五月。語り手は、「青じろい水の底」にいて、蟹の子供らの話を聞いている。「上の方や横の方は、青くくらく鋼のやうに見え」ている。蟹の子供らの棲む水底の世界は、閉ざされてはいるけれど安全な世界だ。その中で、小さな蟹の子供らは他愛もない話を続けている。一方、蟹の子供らの頭上には、泡が流れ、魚も、川下と川上を行き来している。「青じろい水の底」と、泡が流れ魚が行き来する水面近くは別世界である。

しかし、「日光の黄金」が「水の中に降」り、「光の網」が「底の白い磐」にまで届くと、「水の底」の世界は変質する。「日光の黄金」は、視界を開き、蟹の子供らは外の世界に目をやる。

魚の動きを見ていた語り手は、「鉄いろに変に底びかりして」と、魚が不気味な姿に変化したことを形容する。そこでようやく、幼い弟の蟹は魚を認め、「お魚はなぜあゝ行ったり来たりするの。」と問う。兄は魚の行動が「何か悪いこと」であり、それは「とってる」ことだと知っている。弟は、おそらく、何を「とってる」のかわからないだろう。そして、事件が起きる。二疋の子蟹は、その事件を「見る」。彼らが見たものは魚の喪失である。すなわち、弟が見たのは、魚が突然に視界から消えてしまうということであり「お魚はどこへ行ったの。」と聞かずにはいられない。兄が見たのは、「おかしなものが来」て、「お魚が上へのぼって行った」ことである。弟にとって恐いのは、魚がクラムボンのように再生せずに消えてしまったことであり、兄にとって恐いのは、「黒く尖ってる」ものが魚を連れ去ったことである。

「声も出ず居すくまって」いる子蟹たちをなだめたのは父蟹だ。父蟹のなだめのことばは「おれたちはかまわない」であって、「見てしまった」子蟹の恐怖を取り除くことばではない。しかし、父蟹の「おれたちはかまわない」ということばは、子蟹に、見える世界であってもすべてが自分の関わる世界ではないということを教えるものだ。何を見ても、関わらないことに恐怖することはないという生きる知恵を授けることばなのである。

語り手は、子蟹の恐怖を見つめ、父蟹の教えを語っている。また、父蟹の世界観が、自分たちにとって安全か、それとも危険かという見極めの上に成り立つものであることを知っている。その意味では、蟹は蟹の世界で蟹の生を生きるものでしかない。語り手は、そのことを肯定するかのように、父蟹の「ごらん、きれいだらう。」ということばを受けて、天井の白い花びらを見上げる。谷川の底に生きる小さな生き物が、大きな宇宙の生命の連環も知らずに生きることをいとおしむのである。そして、谷川の水の底に、白い花びらの花模様で飾られたような、小さな生命の宇宙を見出したのである。

十二月。語り手は、すっかり変わった底の景色の中で蟹の子供を見ている。「よほど大きくな」ったと、成長を認めている。「つめたい水の底までラムネの瓶の月光がいっぱいに透きとほ」っていて、静かで透明な世界が広がっている。蟹の兄弟の会話は、もう、くり返しを楽しむことば遊びのようなものではなく、「わざと大きく吐いている」とか「近くだから自分のが大きく見える」とかのように、理屈を言うようになっている。兄弟蟹と父蟹の会話に耳を傾けている語り手の耳に、「トブン」という音が聞こえる。「天井から落ちてずうっとしづんで又上へのぼって行」った「黒い円い大きなもの」を、子蟹たちは「かはせみだ」と恐れるが、父蟹は、それが「やまなし」だと教える。「いい匂ひだらう。」と言う父蟹に、「おいしさうだね、お父さん。」と子蟹がこたえ、その子蟹に、また父蟹が「ひとりでにおいしいお酒ができる」と教える。

やまなしは、外の世界からやってきて蟹たちの糧となる。子蟹は大きく成長したが、それでも泡の大きさ比べをするほどのものであり、父蟹は、やまなしがおいしいお酒になることは教えられても、やまなしが木になっていた頃のことはわからない。水の底の世界からは、水の上にある宇宙を知ることはできないのだ。しかし、語り手は、この小さな生き物たちの水の底の暮らしをかけがえのないものとして語っている。すなわち、水の上の世界で命終えたやまなしが、水の底に生きるものの中に豊醇な恵みをもたらす。蟹の親子は、そのやまなしのお酒を恵みとして受けとめ、生命を育む。それは、大きな〈生命の連環〉につながるささやかな生の営みである。波のあげる「青白い焔」は、生命の燃える焔であり、「金剛石の粉を吐いてゐるやう」に、きらきら光っているのである。

語り手は、水の底の蟹の親子に、生きるということが結晶したような物語を見たのだ。「私の幻燈はこれでおしまひであります。」と語り終えた時、語り手は水の底での〈生命の連環〉を語り終えたのである。

注1 『小学校国語　学習指導書　6下　希望』光村図書、二〇〇〇・二
2 西郷竹彦『宮沢賢治「やまなし」の世界』黎明書房、一九九四・一〇
3 「序」(『イーハトヴ童話　注文の多い料理店』)一九二四・一二
4 注2に同じ
5 谷川雁『賢治初期童話考』潮出版社、一九八五・一〇
6 続橋達雄『賢治童話の展開』大日本図書、一九八七・四
7 須貝千里「『二枚の青い幻燈』と『私の幻燈』の間で—『やまなし』の跳躍—」(『文学の力×教材の力』小学校編、六年、教育出版、二〇〇一・三)
8 注1に同じ

9　岡屋昭雄「『やまなし』をどう解釈するのか」（『宮澤賢治論―賢治作品をどう読むか―』おうふう、一九九五・二）

10　甲斐睦郎「教材研究の方法としての文章論（上）―作品『やまなし』の分析を中心に―」（『愛知教育大学研究報告』第二十五輯　一九七六・三）

11　府川源一郎『文学教材の《読み》とその展開』新光閣書店、一九八五・一

12　注2に同じ
　現在、教科書の挿し絵は抽象的なものになっているが、小林敏也の絵（『画本　宮澤賢治やまなし』パロル舍、一九八五・七）に、視点のおさえ方の典型を見ることができる。もっとも、ラストシーンでは、小林の絵は、穴に帰って行く三疋の蟹を見下ろす構図となっている。

13　吉本隆明「賢治文学におけるユートピア」（『國文学』學燈社、一九七八・一二）

14　原宏「やまなし」所収。（日本国語教育学会編『授業に生きる宮沢賢治』図書文化、一九九六・六）

15　全国国語教育実践研究会『実践国語研究別冊　宮沢賢治「やまなし」の教材研究と全授業記録』明治図書、一九八七

16「クラムボンは死んだよ。」「クラムボンは殺されたよ。」という蟹の兄弟の会話には深刻な意味があるとする説もあるが、「死」「殺」ということばを使っているからといって、必ずしも深刻にとらえる必然はないと考える。『マザー・グース』にある「だれがコック・ロビンを殺したの」などがその例である。

あとがき

私が都留文科大学国文科の専任講師になったのは一九七〇年五月のことで、「学園紛争」終焉の年であり、秋には三島事件があった。

その時、近代文学の専任は私一人で、近代志望の学生は一〇〇人前後、非常勤講師によるゼミが五コマあった。この異常な事態を改めて、近代の専任を四名にすることが当面の目標となり、時間をかけて曲折の末に漸く実現を見た。

メンバーを着任順に記すと、私の次にはまず三十代半ばにして雪のような白髪にヒゲをたくわえた金子博さんが現れ、次いで合気道で鍛錬した精悍無比の田中実さんが登場、しんがりには二十代の阿毛久芳さんが白面の貴公子さながらに教壇に立った。

これがいわば第一期近代のスタッフで、第一期というのは、大学内部で新たに比較文学科創設の話が起り、金子氏が新学科へ行くことになったからで、専任は当分一名減の状態が続き、漸くその後に新進気鋭の文芸評論家新保祐司氏を迎えて第二期のスタッフがスタートすることになった。

私の多年の夢の一つは、近代のスタッフで研究会を開くことであったが、忙しい大学で通常は委員会に追いまくられて不可能であり、やむなく夏休みに開いてもみたが、年一回では気勢があがらなかった。

もう一つはスタッフで一緒に本を出すことで、普段は専門が異なるために一冊の本に顔をそろえることはないが、テーマは自由で、書きたいものを、書きたいだけ、書きたいように書いたら、楽しい本が出来るのではないか、と話はしてもそのままに時が過ぎてしまった。

所へ、このたび小生の退官を機に一度実現してみようということで、田中実氏の御骨折で思いがけず多年の夢がかなえられることになったのはうれしい。題して書名を「文学研究のたのしみ」とする所以である。

論文の配列は着任順とした。各論考について一言すると、拙稿はデッド・ロックになっている久弥と八穂の再評価のために必要な基盤整備の提言であり、田中氏のものは今学界で最も注目を浴びる氏の構想するオリジナルな小説論と聞く、近代詩の分野でめざましい活躍を示す阿毛氏のものは多年のテーマをあたためた新論であり、宗教哲学という新分野からの評論をめざす新保氏のものは、そこに〈モーゼ的役割〉を見出すという新見を提示し、牛山恵氏は学部では国語教育担当であるが、大学院では近代の児童文学を担当なさっておられるところから快諾くださったもので、多年の賢治研究の成果の一端がこのような形で新見としてまとめられたことはまことにうれしいかぎりである。

こう書いてくると何やら、手の舞い、足の踏むを知らず、あらぬ事を口走りかねないので、贅言はこれまでとするが、手ごたえだけは確かにあったことを記しておきたい。

大学はこれから〈冬の時代〉を迎える。ますますきびしく、〈質〉が問われることは必至である。そういう中にあって本書の果す役割も決して小なりとはしないであろう。願わくは、第二、第三の続集の刊行を期待して、筆を擱きたい。

最後になったが、わがままな申出を快諾されて刊行に踏みきって下さった鼎書房の加曽利達孝氏の勇断にも御礼申上げる。

二〇〇二年三月吉日　庭前の木瓜花開くを見つつ

鷺　只雄

執筆者紹介

鷺　只雄（さぎ・ただお）
1936年、福島県いわき市生まれ。現在都留文科大学教授。
主要編著書　『中島敦論』（'90　有精堂）、『芥川龍之介』（'92　河出書房新社）、『壺井栄』（'92　日外アソシエーツ）、『壺井栄全集　全12巻』（'97～'99　文泉堂出版）、『中島敦全集　全3巻・別巻1』（'01～'02　筑摩書房）

田中　実（たなか・みのる）
1946年、福岡県柳川市生まれ。現在都留文科大学教授。
主要編著書　『森鷗外　初期作品の世界』（'86　有精堂）、『対照読解　川端康成』（'94　蒼丘書林）、『対照読解　芥川龍之介』（'95　蒼丘書林）、『小説の力』（'96　大修館書店）、『読みのアナーキーを超えて』（'97　右文書院）、『〈新しい作品論〉へ、〈新しい教材論〉へ　全6巻』（'99　右文書院）、『文学の力×教材の力　全10巻』（'01　教育出版）

阿毛久芳（あもう・ひさよし）
1949年、横浜市生まれ。現在都留文科大学教授。
主要編著書　『近代詩〈日本文学研究資料叢書〉』（'84　有精堂）、『萩原朔太郎論序説』（'85　有精堂）、『萩原朔太郎の世界』（長野隆編　'87　砂子屋書房）、『風呂で読む　中原中也』（'98　世界思想社）、『近代文学論の現在』（分銅惇作編　'98　蒼丘書林）、『新体詩・聖書・讃美歌集〈新古典文学大系　明治編〉』（'01　岩波書店）

新保祐司（しんぽ・ゆうじ）
1953年、仙台市生まれ。現在文芸批評家・都留文科大学教授。
主要編著書　『内村鑑三』（'90　構想社）、『島本健作』（'90　リブロポート）、『文藝評論』（'91　構想社）、『批評の測鉛』（'92　構想社）、『日本思想史骨』（'94　構想社）、『正統の垂直線』（'97　構想社）、『批評の時』（'01　構想社）

牛山　恵（うしやま・めぐみ）
東京都生まれ。現在都留文科大学教授。
主要著書　『「逸脱」の国語教育』（'95　東洋館出版）、『国語教育における宮沢賢治―そのⅠ　教科書教材』（'88　私家版）、『教室のことば遊び』（'84　共著／教育出版）、『たのしいことばの学習』（'87　共著／教育出版）、『子どもたちのことば探検』（'90　共著／教育出版）

文学研究のたのしみ

発行日　二〇〇二年四月二〇日
編　集　鷺　只雄・田中　実・阿毛久芳・
新保祐司・牛山　恵
発行者　加曽利達孝
発行所　鼎　書　房
〒132-0031　東京都江戸川区松島二―一七―二
TEL・FAX　〇三―三六五四―一〇六四
印刷所　イイジマ・互恵
製本所　エイワ

ISBN4-907846-15-0　C1095